Ανθρώπων ιστορίες

(διηγήματα)

Ανθρώπων ιστορίες (διηγήματα)

Συγγραφέας: Βασίλειος Διακοβασίλης

ISBN 978-960-93-9772-8

Εικόνα εξώφυλλου: Edward Munch. *The dance of life* 1899–1900.

Ηλεκτρονική Επεξεργασία: Βασίλειος Διακοβασίλης

Πρωτοδημοσίευση: blog... Του Μυαλού Τα Γυρίσματα
http://vasilis.pblogs.gr

Έτος έκδοσης: 2017

Οι αληθινές δυσκολίες έρχονται στα χρόνια που κυριαρχεί πάνω μας η μνήμη, άλλοτε χαρίζοντας μας ένα μειδίαμα στα στεγνά μας πλέον χείλη, άλλοτε αφήνοντας να κυλήσει ένα δάκρυ......

περιεχόμενα

Ματαιότης ματαιοτήτων τα πάντα ματαιότης

"**M**αταιότης ματαιοτήτων τα πάντα ματαιότης". Αυτά τα λόγια του εκκλησιαστή, ακούστηκαν αρκετές φορές, εκείνο το απόγευμα. Ο γέροντας Ιλαρίων εδώ και αρκετή ώρα συνομιλούσε με τον νεαρό συγχωριανό του, που του είχε κτυπήσει την πόρτα του κελιού του, εκείνο το ζεστό απομεσήμερο του Ιούλη του 2005. Κτισμένο μέσα στο ρέμα της Μάνας, κοντά στις πρόποδες του Ολύμπου, αρκετά κοντά στη μονή Διονυσίου. Δίπλα του ένας μικρός κήπος και από κάτω του έχασκε ο γκρεμνός που κατέληγε στον ξεριά με τις καλαμιές.

Ο νεαρός επισκέπτης, είχε οδηγηθεί ως εδώ, ορμώμενος από την ιστορία που είχε ακούσει, τον προηγούμενο χειμώνα, αργά το βράδυ, στο καφενείο του χωριού. Έλεγαν για τον Νικολή της Μαριγώς, που είχε καλογερέψει. Όλοι στο χωριό ήξεραν την πραγματική αιτία της απόφασης του αυτής, κανένας όμως δεν τη συζητούσε στο φως της ημέρας με πολύ κόσμο. Μόνο κάποιες τέτοιες ώρες, όταν στη σόμπα έκαιγαν τα τελευταία ξύλα της ημέρας και οι γεροντότεροι γύριζαν τις κουβέντες στα παλιά σαν μια προσπάθεια τους για να επαναφέρουν το χαμένο χρόνο, ακούγονταν αυτές οι ιστορίες.

Ο γέροντας, καθόταν στη καρέκλα του, δίπλα στο παράθυρο. Από εκεί όταν δεν εκπλήρωνε τα αυστηρά καθορισμένα καθήκοντα του, ατένιζε τα απέναντι βουνά, που απλώνονταν ατελείωτα μπροστά του, με μόνη του συντροφιά τις σκληρές χάντρες του κομποσκοινιού του.

Αυτή τη μέρα όμως όχι. Ρωτούσε το νεαρό επισκέπτη του για το χωριό του και για τους ανθρώπους του. Από την άλλη, απαντούσε και στις ερωτήσεις που δεχόταν για τη ζωή του, για την απόφαση του να μονάσει, για τις δυσκολίες που αντιμετώπισε. Όσο αναφερόταν στη πρότερη ζωή του, κάθε τόσο επαναλάμβανε τη φράση "ματαιότης ματαιοτήτων τα *πάντα ματαιότης".*

Δεν περίμενε βέβαια να του επαναλάβει την ιστορία που είχα ακούσει εκείνο το βράδυ, θα ήταν πέρα για πέρα αταίριαστο με τον τόπο που βρισκόταν. Κι αν ακόμα τον επισκέπτονταν πολλές γυναίκες, ταλαιπωρημένες από τις παραξενιές της ζήσης τους, οι προσωπικές μαρτυρίες των μοναχών, δεν περιέχουν τέτοιες αφηγήσεις, οι οποίες τους αποσπούν από τον δύσκολο αγώνα που δίνουν, για να κερδίσουν την αιώνια ζωή. Βέβαια, κανένας δεν θα ορκιζόταν ότι το ίδιο ίσχυε και στο μυαλό όλων αυτών των αναχωρητών της ζωής, που επανδρώνουν τις μονές, τις σκήτες και τα κελιά της χώρας. Πόσες και πόσες αιθέριες οπτασίες θα τάραξαν την καθημερινότητά τους και πόσες προσευχές συγχώρεσης θα ακολούθησαν για να τις αποδιώξουν από μπροστά τους.

Του Νικολή (δηλαδή του μοναχού Ιλαρίωνα) η μάνα αν και καταγόταν από πλούσια οικογένεια, παντρεύτηκε ένα φτωχό, μεροκαματιάρη, συγχωριανό της, όχι από αγάπη αλλά από ανάγκη. Ως μικρότερη κόρη της οικογένειας, δίχως να της αναλογεί καθόλου προίκα, δύο επιλογές είχε μόνο, σύμφωνα με τα πατρώα έθιμα του τόπου της. Ή να μείνει ανύπαντρη και να υπηρετεί τη μεγαλύτερη αδελφή της έναντι του ύπνου και του φαγητού που θα της παρείχε... ή να παντρευτεί κάποιον "ταπεινότερο" της. Ο γάμος αυτός ευλογήθηκε και με τον ερχομό τεσσάρων παιδιών, δύο κοριτσιών και δύο αγοριών. Ο Νικολής ήταν τρίτος στη σειρά, του δόθηκε το όνομα του πατέρα της μάνας του, αλλά για τον ευκατάστατο παππού του, πάντα ερχόταν τελευταίος στη αγάπη, μετά τους άλλους Νικολήδες, τα ξαδέλφια του.

Μεγάλωσε με στερήσεις όπως και τα περισσότερα παιδιά της γενιάς του. Λίγο με το μεροκάματο του πατέρα, λίγο με τον μικρό κήπο που είχαν στο ρέμα δίπλα στο εκκλησάκι του Αρχιστράτηγου, λίγο με τα μετρημένα στη παλάμη του ενός χεριού ζώα τους και με την αλληλοστήριξη τους μέσα στην οικογένεια, κατόρθωναν να ζουν με αξιοπρέπεια. Τα δύο αγόρια πήγαν στο σχολείο, καλοί μαθητές... αλλά η κήρυξη του πολέμου δεν τους έδωσε την ευκαιρία να προκόψουν στα γράμματα. Τα μεροκάματα λιγόστεψαν, μαζί και το φαγητό, το οποίο πια δινόταν με το δελτίο, και τα δύο αδέλφια καταπιάστηκαν με το μικρό κοπάδι τους, τον κήπο τους και ένα κομμάτι χωράφι, που κατόρθωσε να κληρονομήσει ο πατέρας τους από τους δικούς του. Τις ατελείωτες χειμωνιάτικες μέρες κλείνονταν νωρίς νωρίς στο σπίτι τους. Τις καλοκαιρινές όμως, έμεναν στο χωράφι τους σε μια καλύβα που είχαν στήσει και το βράδυ έστηναν το γλέντι, μαζί με τους άλλους συνομήλικούς τους, δίπλα στην άλωνα, λίγα μέτρα πιο πέρα από τον Άγιο Αντώνιο, το ερειπωμένο εκκλησάκι πάνω από την παραλία της Αχρούσας.

Ο πόλεμος τελείωσε, οι τελευταίοι κατακτητές αποχώρησαν και η γαλανόλευκη απλώθηκε πάνω από τον τόπο τους και πάλι. Μα ο τόπος δεν ηρέμησε. Ο εμφύλιος μοίρασε και πάλι τους ανθρώπους, άλλοι έφυγαν για το βουνό και άλλοι κλήθηκαν να υπηρετήσουν τον εθνικό στρατό. Τα νέα για τις νίκες της μιας πλευράς διαδέχονταν οι ειδήσεις για τις νίκες της άλλης πλευράς, μα οι νεκροί και οι αγνοούμενοι, όλοι τους ήταν από τον ίδιο τόπο, κάποια μάνα από το χωριό έκλαιγε για το χαμό του δικού της παιδιού.

Ήταν καλοκαίρι του 1948, δεκαπενταύγουστος, όταν ο δεκαοχτάχρονος πια Νικολής, με την παρέα του ανέβηκαν στο χωριό για τον εορτασμό του μεγάλου πανηγυριού.

Στο χοροστάσι, έξω από την εκκλησία, εκείνο το ίδιο βράδυ, οι ματιές τους συναντήθηκαν, για λίγα μόνο δευτερόλεπτα. Ελάχιστα δεύτερα του λεπτού, που έμελλαν να καθορίσουν όλη τους τη ζωή. Εκείνη στα δεκαπέντε, σχηματισμένη πια γυναίκα, με τη δροσιά της πρώιμης νιότης της. Το περίεργο ήταν ότι δεν την έβλεπε για πρώτη φορά, δεύτερη ξαδέλφη του ήταν εξάλλου, είχαν βρεθεί πολλές φορές στην ίδια παρέα, είτε παίζοντας κυνηγητό όταν ήταν πιο μικροί είτε πάλι στα πανηγύρια του χωριού τα τελευταία χρόνια. Μα αυτή η ματιά, εκείνο το βράδυ του έκαψε την καρδιά.

Με την εικόνα της στο μυαλό του ξυπνούσε, ξετέλευε τις καθημερινές του δουλειές και με την ίδια εικόνα έπεφτε το βράδυ για ύπνο. Εικόνα ιδανική, η μόνη αγάπη που μπορούσε να υπάρξει, την εξύψωσε στα ψηλότερα σκαλοπάτια, εκεί που συναθροίζονταν μόνο, οι αγνές και άγιες θηλυκές υπάρξεις που μπορούσε να γνωρίζει. Κι όταν τα βράδια γλεντούσε με την παρέα του, το τραγούδι του φανέρωνε όλον τον πόνο που κουβαλούσε στη ψυχή για τη μυστική του αγάπη. Σε κανέναν δεν είχε εξομολογηθεί, τον έρωτα του για τη Μαριάνθη, τη δευτεροξαδέλφη του.

Μέσα στο χειμώνα κλήθηκε να υπηρετήσει τη θητεία του. Μια ελάχιστη εκπαίδευση και τον έστειλαν να συμμετάσχει στις εκκαθαριστικές επιχειρήσεις στα βουνά της Θεσσαλίας. Τον Αύγουστο του '49 πολέμησε στον Γράμμο. Μέσα στη βουή του πολέμου, ανάμεσα στις μάχες και τις ανάπαυλες, μόνη του παρηγοριά η θύμηση της αγαπημένης του και τα τραγούδια του τόπου του, γεμάτα πόθο και νοσταλγία.

Όταν τελείωσε την πικρή αυτή υποχρέωση του, γύρισε στο χωριό του. Μόλις έκλεισε τα είκοσι ένα του, αποφάσισε να τη ζητήσει από τον πατέρα της. Γνώριζε τις δυσκολίες του εγχειρήματος αυτού. Ήτανε φτωχός κι εκείνη διέθετε περιουσία. Ένας απλός μεροκαματιάρης όπως κι ο πατέρας του κι αυτή προικισμένη με σπίτι δικό της και λιόφυτο με εκατό ρίζες, δίπλα στη θάλασσα, λίγο πιο πέρα από το εκκλησάκι της Αγίας Φωτεινής. Ήταν όμως δυνατός, ετοίμαζε ήδη τα χαρτιά του για την Αμερική - τη γη της επαγγελίας -, όπως έκαναν και οι περισσότεροι φίλοι του και φαινόταν ότι με τις αλλαγές που έφερε ο πόλεμος, τα σκληρά ήθη του τόπου του χαλάρωναν. Τέλος πίστευε, ότι κι η Μαριάνθη, θα βοηθούσε λίγο την κατάσταση. Σε κάποιους χορούς, που χόρεψαν δίπλα, τα χέρια και οι ματιές τους, μαρτυρούσαν και το δικό της ενδιαφέρον.

Διαψεύστηκε όμως με τον πιο σκληρό τρόπο. Όταν έστειλε μια θεία του για τα προξενιά, του διεμήνυσαν ότι την κόρη τους δεν την είχαν για έναν "παρακατιανό" όπως αυτόν, αλλά για κάποιον ευκατάστατο, για κάποιον με πτυχίο ή για κάποιον με ισάξια περιουσία. Η κοινωνική του θέση, τον καθιστούσε "ανάξιο" της.

Όπως ήταν φυσικό, την πεποίθηση του ότι σε λίγο καιρό θα ήταν δίπλα στην αγαπημένη του, τη διαδέχτηκε η απελπισία και ο πόνος. Όλα γύρω του ήταν μαύρα, τίποτε δεν τον συγκινούσε, μόνη του διέξοδος το εισιτήριο που έβγαλε για την Αμερική. Στη Νέα Υόρκη, εκεί που παροικούσαν και οι υπόλοιποι συγχωριανοί του βρήκε καταφύγιο. Έμενε σε ένα δωμάτιο με άλλους τρεις. Δούλευε λαντζέρης σε ένα εστιατόριο ενός πατριώτη του, δώδεκα ώρες δουλειά, έξι ημέρες την εβδομάδα. Σκληρή η δουλειά, καθόλου χρόνος για διασκέδαση, ίσα ίσα που προλάβαινε να ξεκουραστεί. Καθημερινά η μόνη του διαδρομή που έκανε ήταν από σπίτι στη δουλειά και πίσω. Οι εποχές διαδέχονταν η μία την άλλη και αυτός πέρα από τα πιάτα που καθημερινά έπλενε, δεν προλάβαινε να γευτεί τίποτε άλλο από τη μεγαλούπολη που ζούσε τρία χρόνια πια.

Την Μαριάνθη την έφερνε καθημερινά στη σκέψη του. Πίστευε ότι τίποτε δεν χάθηκε, ότι μια μέρα θα την παντρευόταν στην κεντρική εκκλησία του χωριού του, εκεί που για πρώτη φορά ράγισε η καρδιά του για τα μάτια της. Είχε πειστεί ότι αυτό που έπρεπε να αλλάξει ήταν η "κάστα" που τον είχε κατατάξει η μικρή κοινωνία του τόπου και το Αμερικάνικο όνειρο που πιστά υπηρετούσε τα τελευταία χρόνια στη Νέα Υόρκη μπορούσε να τον βοηθήσει σε αυτό. Οι πολλές ώρες ασταμάτητης δουλειάς και τα ελάχιστα προσωπικά του έξοδα, είχαν ως αποτέλεσμα γρήγορα να αρχίσει να σχηματίζει ένα αξιόλογο κομπόδεμα. Μετά από πέντε χρόνια σκληρής δουλειάς είχε μαζέψει αρκετά χρήματα, ώστε να γυρίσει στον τόπο του με το πορτοφόλι γεμάτο για να "θαμπώσει" εκείνους που τον απέρριψαν ως μη άξιο τους. Το κολλαριστό δολάριο ήταν η καλύτερη απόδειξη επιτυχίας στον φτωχό τόπο του. Αυτό όμως δεν τον ικανοποιούσε. Ήθελε, την ημέρα που θα διάβαινε την πόρτα της αγάπης του, να είναι πραγματικά πλούσιος. Θα τη ζητούσε, όχι απλώς με το πορτοφόλι γεμάτο αλλά με καταθέσεις και ακίνητα, τέτοια που να μην μπορούν να τον διώξουν ξανά από το σπίτι τους.

Ο στόχος του αυτός έγινε εμμονή. Ξυπνούσε κάθε πρωί και

11

πήγαινε για ύπνο κάθε βράδυ και το μόνο που συλλογιζόταν ήταν πως θα γίνεται η περιουσία του πιο μεγάλη. Παραδόξως στο σκοπό του, άθελα της, είχε βρει σύμμαχο του την ίδια την Μαριάνθη, η οποία κατά ανεξήγητο τρόπο παρέμενε ανύπαντρη. Αυτό, ο Νικολής, το εκλάμβανε ως ένα ξεκάθαρο μήνυμα ότι η αγάπη του τον περίμενε. Κι όσο μάθαινε ότι η Μαριάνθη απέρριπτε τα προξενιά που της πήγαιναν, τόσο παρέτεινε το χρόνο που θα πήγαινε να τη ζητήσει, ώστε να μεγαλώσει κι άλλο την περιουσία του.

....

Τα χρόνια πέρασαν, είχε αποκτήσει δικό του εστιατόριο, βιβλιάριο με πολλές χιλιάδες δολάρια, διαμερίσματα που είχε αγοράσει στη Γλυφάδα και τον Πειραιά, η Μαριάνθη ήταν ακόμα ανύπαντρη, τα προξενιά που άλλοτε της πήγαιναν, εδώ και καιρό είχαν σταματήσει πια...

Σαρανταοχτώ χρόνων ήταν πια, όταν θεώρησε ότι η περιουσία του ήταν αρκετή για να ζητήσει και πάλι τη Μαριάνθη. Αρχές Αυγούστου ήταν στο χωριό. Τον φιλοξενούσε στο πατρικό τους, η μεγάλη του αδελφή, παντρεμένη και με εγγόνια πια. Τα άλλα του αδέλφια ζούσαν, με τις οικογένειες τους στην Αθήνα. Οι γονείς τους από καιρό είχαν πεθάνει. Λογάριαζε, να ζητήσει την αγαπημένη του πριν από το Δεκαπενταύγουστο, ώστε την ημέρα του πανηγυριού να σύρει το χορό με την αγαπημένη του στο πλάι. Εκείνη ζούσε με τη μητέρα της, οι δυο τους απόμειναν μόνες τους στο σπίτι που άλλοτε έσφυζε από ζωή. Ο πατέρας της είχε πεθάνει, τα αδέλφια και οι αδελφές της είχαν σκορπίσει στην Κρήτη, στον Πειραιά και την Αμερική.

Αυτή τη φορά δεν θα έστελνε προξενιά, θα πήγαινε ο ίδιος. Κυριακή απόγευμα ήταν, έβαλε το καλό του το κουστούμι, το χρυσό του το ρολόι, έσυρε από τη βαλίτσα το δαχτυλίδι με το διαμάντι που θα φορούσε στο δάχτυλο της Μαριάνθης, το έβαλε στην τσέπη του και ξεκίνησε. Στο δρόμο σιγομουρμούριζε ένα ερωτικό σκοπό το οποίο διέκοψε μόνο όταν πέρασε μπροστά από το κεντρικό καφενείο για να χαιρετίσει τους θαμώνες του. Ένας παλιός φίλος τον

12

προσκάλεσε για να τον κεράσει αλλά ο Νικολής ευγενικά αρνήθηκε λέγοντας ότι είχε μια πολύ σοβαρή δουλειά που δεν έπαιρνε αναβολή.

Δεν χρειάστηκε να κτυπήσει την πόρτα. Η Μαριάνθη με τη μητέρα της καθόταν στην αυλή του σπιτιού τους, κάτω από την δροσερή κληματαριά. Από το ραδιόφωνο που ήταν στο περβάζι του παραθυριού ίσα ίσα ακούγονταν τα τελευταία σουξέ της εποχής. Ολόγυρα τους μικρές και μεγάλες πήλινες γλάστρες με κάθε λογής λουλούδια. Η μυρουδιά του βασιλικού διακρινόταν εύκολα, κάποιο χέρι τον είχε χαϊδέψει λίγο πριν. Στο τραπέζι υπήρχαν δύο φλιτζανάκια του καφέ, δυο νεροπότηρα με μια κανάτα νερό και ένα μισοτελειωμένο εργόχειρο με κάμποσες χρωματιστές κουβαρίστρες.

Αφού τις χαιρέτησε, δίχως να περιμένει την πρόσκληση τους πέρασε μέσα και κάθισε στην άδεια καρέκλα δίπλα στην αγαπημένη του. Αυτή αν και περίμενε την επίσκεψη του, ξαφνιάστηκε. Περίμενε πως, αν γινόταν ποτέ, θα προηγούνταν κάποια ειδοποίηση ή έστω κάποια συνάντηση σε κάποιο ουδέτερο χώρο. Για λίγο κάθισαν αμίλητοι. Ο ένας παρατηρούσε τον άλλο, προσπαθώντας να μαντέψει την επόμενη στιγμή. Του Νικολή το πρόσωπο δίχως καμία ρυτίδα, με ματιά που άστραφτε από την χαρά, με λίγες μόνο άσπρες τρίχες στους κροτάφους του, σίγουρος για τον εαυτό του. Η Μαριάνθη αν και δεν είχε προβεί σε καμιά από εκείνες τις ετοιμασίες που επιβάλει η γυναικεία κοκεταρία, ήταν σαν να μην την είχε ακουμπήσει χρόνος. Πρόσωπο λείο και λαμπερό, τα μαλλιά της ριγμένα στο πλάι, έντονα μαύρα, τα μάτια της λαμπερά αν και θαρρείς λίγο υγρά, τα χείλη της τρεμόπαιζαν σαν κάτι να ήθελαν να πουν... αλλά κανένας ήχος δεν έβγαινε.

Τη σιωπή έσπασε η μητέρα της. Πρόσταξε την κόρη της να πάει να φτιάξει ένα καφέ για τον επισκέπτη τους. Η Μαριάνθη ευθύς σηκώθηκε. Μόλις έκλεισε την πόρτα πίσω της, αμέσως τον ρώτησε ποιος ο λόγος αυτής της ξαφνικής επίσκεψης. Ρώτησε αν και ήξερε.

-Θα σου απαντήσω όταν θα 'ναι και η κόρη σου εδώ...

13

Κάθισαν αμίλητοι. Ο Νικολής ακόμα δεν είχε ξεπεράσει το γεγονός, ότι η γυναίκα που καθόταν απέναντι του, ήταν εκείνη που τον είχε χαρακτηρίσει ως παρακατιανό, ανάξιο για την κόρη της, πριν από εικοσιτέσσερα χρόνια. Τώρα που αυτός είχε κερδίσει τα πλούτη κι όλοι οι συγχωριανοί του ανταγωνίζονταν για τη συμπάθεια του και μόνο, της έδινε το μήνυμα της δικής του δύναμης.

Σε λίγη ώρα εμφανίστηκε η Μαριάνθη με το δίσκο στο χέρι. Τον ακούμπησε στο τραπέζι μπροστά του και κάθισε στην καρέκλα της. Δίχως καμία παραπέρα αργοπορία, ο Νικολής της φανέρωσε το σκοπό της επίσκεψης του. Δεν παρέλειψε να αναφέρει την απόρριψη που δέχτηκε όταν την πρωτοζήτησε, τον αγώνα που έδωσε στην Αμερική όλα τα προηγούμενα χρόνια για να αποκτήσει όλη την τεράστια περιουσία του και κατέληξε λέγοντας της ότι μια ανέμελη ζωή, δίχως καμία σκοτούρα και με περίσσια αγάπη την περίμενε δίπλα του.

Όσο αυτός μιλούσε, η Μαριάνθη κρατούσε χαμηλωμένο το κεφάλι της, ώστε τα μάτια της να μην συναντήσουν τα δικά του. Μετά βίας κρατούσε τα δάκρυα της. Όταν τελείωσε τον κοίταξε ίσα στα μάτια. Με την ανάστροφη της παλάμης της μάζεψε τα λιγοστά δάκρυα που της είχαν ξεφύγει.

-Ήλθες αργά, αργά, είναι πια πολύ αργά!

Σηκώθηκε από τη θέση της, έσυρε τη καρέκλα να ακουμπήσει στο τραπέζι και χάθηκε μέσα στο σπίτι.

Ο Νικολής έμεινε αποσβολωμένος για κάμποσα λεπτά. Η μάνα της Μαριάνθης μια κοίταζε τον άντρα που καθόταν άσπρος σαν το χαρτί απέναντι της και μια την πόρτα, πίσω στην οποία εξαφανίστηκε η κόρη της. Σηκώθηκε κι αυτή και χάθηκε μέσα στο σπίτι. Στο μυαλό του Νικολή οι εικόνες της ζωής του διαδέχονταν η μία την άλλη. Ο πόνος της πρώτης απόρριψης, το φευγιό του στην Αμερική, η πρώτη του δουλειά, τα μερόνυχτα που ξόδεψε στις κουζίνες της Νέας Υόρκης, το εστιατόριο του, οι γυναίκες που απέρριψε, οι ατέλειωτες ώρες μοναξιάς του... και σε όλες αυτές, κάπου στην άκρη βρισκόταν η Μαριάνθη.

14

"Ματαιότης ματαιοτήτων τα πάντα ματαιότης."

Η δεύτερη αυτή απόρριψη ήταν πολύ βαριά. Όλα γκρεμίστηκαν μέσα του. Όσα έκτισε με την αξιοσύνη του και όσα ονειρεύτηκε για το μέλλον του... όλα, μα όλα... σε μια στιγμή... έπαψαν να έχουν κάποια σημασία.

Σηκώθηκε από τη καρέκλα που καθόταν, ζαλισμένος από τον πόνο και χωρίς να το καταλάβει βρέθηκε στο σπίτι της αδελφής του. Κλείστηκε στο δωμάτιο του, ετοίμασε τη βαλίτσα του και κάθισε δίπλα στο παράθυρο. Όλο το βράδυ κοίταζε έξω, το χωριό του. Παρατηρούσε ένα ένα τα σπίτια και αναλογιζόταν την ιστορία που έκλεινε το καθένα μέσα στους τοίχους του. Τις οικογένειες που είχαν μεγαλώσει μέσα σε αυτά, τους γάμους που έγιναν, τα παιδιά και τα εγγόνια που μεγάλωναν στις αυλές τους. Όταν η ματιά του έφτασε στο σπίτι της Μαριάνθης, το προσπέρασε για το διπλανό... μα ήταν πια πολύ αργά.

Το άλλο πρωί αποχαιρέτησε τους δικούς του, κατέβηκε στο σταθμαρχείο και επιβιβάστηκε στο τρένο για την πρωτεύουσα. Σε λίγες μέρες ήταν στην Αμερική, πούλησε όλη την περιουσία του, γύρισε στην Αθήνα, πήγε σ' ένα συμβολαιογράφο και ότι είχε αποκτήσει τόσα χρόνια τα μοίρασε στα ανίψια του. Το ίδιο βράδυ έφυγε για το μοναστήρι, μετά από ένα χρόνο εκάρη μοναχός και τα τελευταία είκοσι χρόνια εγκαταβίωνε μονάχος του, στο κελί του Οσίου Ονούφριου, το οποίο δεν εγκατέλειψε ποτέ, μέχρι που πέθανε.

4 Αυγούστου 2014

Δεν ήταν το τυχερό της...

Ο Μενέλαος λιαζόταν στο κατάστρωμα του "Πατρίς" με μια μπύρα στο χέρι, την οποία πεισματικά αρνιόταν να αφήσει αν και την είχε πιει εδώ και ώρα. Επέστρεφε στην Ελλάδα μετά από απουσία είκοσι χρόνων. Μετανάστης στην Αυστραλία, ακολουθούσε το υπερωκεάνιο στο τελευταίο ταξίδι του προς την πατρίδα. Το πλοίο που εκτελούσε αυτό το ταξίδι των τριάντα και περισσοτέρων ημερών δεν μπορούσε να ανταγωνιστεί πια τα αεροπλάνα, που έκαναν το ίδιο ταξίδι σε ένα μόνο εικοσιτετράωρο.

Ήξερε ότι αν ήθελε να επιστρέψει, αυτή ήταν η τελευταία του ευκαιρία. Και μόνο που σκεπτόταν τον εαυτό του να βρίσκεται σε ένα αεροπλάνο, ψηλά στον ουρανό, δίχως κάτι σταθερό γύρω του, ίδρωνε σύγκορμος. Αντίθετα, το ταξίδι με το καράβι το απολάμβανε. Το πρωί κοιμόταν ως αργά, το μεσημέρι βρισκόταν στην τραπεζαρία για φαγητό, στη συνέχεια βολευόταν στο κατάστρωμα πίνοντας μπύρες ξαπλωμένος σε κάποια σεζλόνγκ, το βράδυ ξανά στην τραπεζαρία και μετά στο σαλόνι συνέχιζε τις μπύρες παρακολουθώντας το ελληνικό πρόγραμμα της ορχήστρας του καραβιού. Το πρόγραμμα αυτό το διέκοψε μόνο το βράδυ που το καράβι έπιασε λιμάνι στο Perth της Αυστραλίας και την ημέρα που κατέβηκαν στο Durban της Νότιας Αφρικής. Την καμπίνα την μοιραζόταν με έναν Κερκυραίο, τον οποίο όμως ελάχιστα ως καθόλου έβλεπε μέσα στη διάρκεια της ημέρας.

Μόνη του παρέα, όλες αυτές τις μέρες, η Ασημίνα, Αθηναία κατά δήλωση της, η οποία είχε διαβεί την τέταρτη δεκαετία της ζωής της, ανύπαντρη. Επέστρεφε κι αυτή στην πατρίδα, με τις οικονομίες της. Τις τελευταίες ημέρες όλο και πύκνωναν οι ώρες που βρίσκονταν και τα έλεγαν. Έτσι και τώρα, με που είδε τον Μενέλαο, στη γνώριμη θέση του, δίχως να περιμένει πρόσκληση του πλησίασε, τον χαιρέτισε και κάθισε. Εκείνος ανακάθισε στη θέση του, αντιχαιρέτισε και άφησε το άδειο μπουκάλι της μπύρας δίπλα στο πόδι του καθίσματός του.

Για κάμποσα λεπτά κανένας από τους δύο δεν μίλησε. Έμειναν ακίνητοι, βλέποντας μακριά ως εκεί που ο ορίζοντας χώριζε τον ωκεανό από τον ουρανό. Ο υγρός αέρας ανακατεμένος με την αλμύρα της θάλασσας κτυπούσε τα πρόσωπα τους. Τα μαλλιά της Ασημίνας προστατεύονταν από ένα μεταξωτό κεφαλομάντηλο. Του Μενέλαου γυάλιζαν από το αλάτι που στέγνωνε πάνω τους. Και οι δύο τους διαισθάνονταν ότι είχε φτάσει εκείνη η στιγμή, που θα έπρεπε να αποφασίσουν αν θα έκαναν το επόμενο βήμα, στη σχέση που διαφαινόταν ότι άρχιζε μεταξύ τους.

Χωρίς να το σκεφτεί βαθύτερα, της είχε κρύψει ότι εξακολουθούσε να είναι παντρεμένος με τη Δήμητρα και ότι είχε και δυο παιδιά από το γάμο αυτό, την Ελένη και τον Γιώργο, που φοιτούσαν σε κολέγιο της Μελβούρνης. Όταν τους ανακοίνωσε την απόφαση του να επιστρέψει στην Ελλάδα, και οι τρεις δίχως περιστροφές του είπαν ότι αν αυτή ήταν η επιθυμία του, αυτοί την σέβονταν αλλά κανένας δεν θα τον ακολουθούσε. Όσο για τη βέρα του, είχε χρόνια να τη φορέσει, ούτε ήξερε που βρισκόταν πια. Έτσι κι αλλιώς, εδώ και αρκετόν καιρό ζούσαν τυπικά μαζί, για τα παιδιά όπως ομολογούσαν μεταξύ τους. Μοιράζονταν ακόμα το ίδιο κρεβάτι αλλά μόνο για ύπνο. Του ήταν αδιάφορη, ακόμα κι όταν διαισθάνθηκε ότι εκείνη τον απατούσε, τίποτα δεν τον ενόχλησε. Ενώ αυτός μέρα με τη μέρα μαράζωνε, εκείνη όλο και περισσότερο ξανάνιωνε.

Η Ασημίνα δεν έκρυβε το ενδιαφέρον της για τον Μενέλαο. Η φανερή μοναχικότητά του, η θλίψη που κατέτρωγε το πρόσωπό του και η διαρκής απραξία του ήταν τα στοιχεία εκείνα που την τραβούσαν κοντά του.

Η Ασημίνα αναλογιζόταν ποιος να είναι πραγματικά ο Μενέλαος. Τι ήταν αυτό που βάραινε την όψη του και τον έκανε τόσο απόμακρο. Εκείνη είχε βρεθεί στην Αυστραλία, μετά από πρόσκληση του αδελφού της μητέρας της, ο οποίος διατηρούσε ένα μπακάλικο σε κεντρικό σημείο της

Καμπέρας. Έχοντας πάρει την απόφαση ότι στα πενήντα του πια, δεν θα έκανε οικογένεια ζήτησε από την αδελφή του, να την πείσει να εγκατασταθεί στην Αυστραλία για να κληρονομήσει την περιουσία του. Αρχές της δεκαετίας του εξήντα ήταν, εκείνη είχε διαβεί τα είκοσι επτά, γεροντοκόρη πια για τα δεδομένα της εποχής, οπότε δεν άργησε να πάρει τη μεγάλη απόφαση. Εγκαταστάθηκε στο σπίτι του θείου της, δούλεψε στο μπακάλικο του το οποίο ήταν αληθινό χρυσωρυχείο μα όσο κι αν της προξένευε διάφορους συμπατριώτες τους για γαμπρούς με κανέναν δεν μπόρεσε να στεριώσει. Άσχημη δεν ήταν, κάποιο ιδιαίτερο πρόβλημα στο χαρακτήρα της δεν είχε, εκτός από την ισχυρογνωμοσύνη της, αλλά είναι αυτό που λέμε, " δεν ήταν το τυχερό της"...

Πριν από ένα χρόνο πέθανε μετά ένα οξύ καρδιακό επεισόδιο ο θείος της. Προσπάθησε να κουμαντάρει μόνη της το μπακάλικο, πράγμα το οποίο αποδείχτηκε όχι και τόσο εύκολο. Έτσι αποφάσισε να το πουλήσει και να επιστρέψει στην Ελλάδα.

Για τον Μενέλαο, από την άλλη, η ξενιτιά ήταν μια αναγκαστική επιλογή, το ορεινό χωριό του ακριτικού νησιού που ζούσε, δεν μπορούσε να του προσφέρει τίποτα. Παντρεύτηκε τη Δήμητρα μόλις γύρισε από το στρατό. Ότι χρήματα μάζεψαν από το γάμο τους μαζί με ένα δάνειο από έναν πλούσιο συγχωριανό τους, ξοδεύτηκαν για τα χαρτιά και τα εισιτήρια τους για το μακρινό ταξίδι. Στην αρχή έμεναν σε ένα μικρό διαμέρισμα, με τον ερχομό όμως του πρώτου τους παιδιού, μετακόμισαν σε μία μονοκατοικία, από αυτές που διέθετε η αυστραλιανή κυβέρνηση στους νέους αποίκους, έναντι συμβολικού τιμήματος. Η τεράστια ήπειρος χρειαζόταν νέο αίμα και η κυβέρνηση έκανε ότι μπορούσε για να ενισχύσει αυτούς που αποφάσιζαν να εγκατασταθούν στη μακρινή Αυστραλία.

Σε λίγο καιρό γεννήθηκε και ο γιος τους και όλα φαίνονταν ότι πήγαιναν "κατ᾽ ευχήν" για την οικογένεια του. Αυτός δούλευε υπάλληλος σε μια μεγάλη αποθήκη, που διένειμε σε όλη την Αυστραλία ευρωπαϊκά προϊόντα, κυρίως από την

Αγγλία. Η Δήμητρα μόλις μεγάλωσαν λίγο τα παιδιά τους έπιασε δουλειά ως καμαριέρα σε ένα κοντινό στο σπίτι τους ξενοδοχείο. Τα χρήματα που έβγαζαν τους ήταν αρκετά για να ζούνε αξιοπρεπώς και να στέλνουν και ένα μικρό βοήθημα στους γονείς τους στην Ελλάδα.

Τα παιδιά τους μεγάλωναν, μα όσο κι αν προσπαθούσε να τα κάνει "Ελληνάκια", αυτό αποδεικνυόταν πολύ δύσκολο. Τα πήγαινε στο απογευματινό ελληνικό σχολείο που λειτουργούσε η ενορία τους, τα Σαββατοκύριακα έκαναν παρέα με άλλους γνωστούς τους, κυρίως από το νησί τους και τα παιδιά τους έπαιζαν όλα μαζί. Μα αυτά μιλούσαν μεταξύ τους στα Αγγλικά, ενδιαφέρονταν για τις ομάδες και τα συγκροτήματα της Αυστραλίας, αποκτούσαν τη νοοτροπία των Αυστραλών κι όσες προσπάθειες κι αν έκαναν οι γονείς τους για να τους κάνουν να αγαπήσουν την Ελλάδα, έπεφταν στο κενό. Ο Μενέλαος καταλάβαινε ότι αργά ή γρήγορα τα παιδιά του θα γίνονταν Αυστραλοί αλλά λύση δεν έβλεπε. Η επιστροφή στην πατρίδα τους φάνταζε ως μια πράξη αδιανόητη. Από αυτά που μάθαιναν, τα πράγματα είχαν βελτιωθεί ελάχιστα στο νησί τους, με κανέναν τρόπο δεν μπορούσε να συγκριθεί η ζωή τους στην Αυστραλία με αυτήν που θα έπρεπε να αντιμετωπίσουν εκεί ή ακόμα και στην Αθήνα, αν αυτήν επέλεγαν ως νέο τόπο εγκατάστασης. Από την άλλη, όλη αυτή η αίσθηση της νοσταλγίας για την πατρίδα, των απογόνων δίχως μνήμη, της γυναίκας του, που μέρα με τη μέρα γινόταν όλο και πιο ξένη, δυνάμωνε την απόφαση του Μενέλαου να επιστρέψει στο νησί του , έστω κι αν δεν τον ακολουθούσε κανένας τους. Αντίθετα η Δήμητρα, τη λέξη επιστροφή την είχε ξεγράψει από το λεξιλόγιο της, χαιρόταν που τα παιδιά της "γίνονταν Αυστραλεζάκια", πιθανότατα, με τον τρόπο της, τα οδηγούσε προς τα εκεί. Στις συναντήσεις του Σαββατοκύριακου, όταν όλοι αναφέρονταν με νοσταλγία στα γλέντια και τα πανηγύρια του χωριού τους, στη καθημερινή ζωή που έκαναν με τους συγγενείς και φίλους τους, αυτή τους επανέφερε στην "τάξη", θυμίζοντας τους τη φτώχεια που άφησαν πίσω τους και την απουσία κάθε άνεσης, που απλόχερα του πρόσφερε πια, η νέα τους πατρίδα.

Εκείνο το απόγευμα ο Μενέλαος, μαζί με όλα τα άλλα, σκεφτόταν και την επιστροφή του στο νησί, το πατρικό του στο οποίο ζούσε μόνη της πια, η μάνα του, τους συγγενείς του, όσους εξακολουθούσαν να μένουν στο νησί, οι περισσότεροι είχαν σκορπίσει στην Αθήνα, τους φίλους του, που γνώριζε από την παιδική του ηλικία. Δεν είχε αποφασίσει τι θα έκανε για να ζήσει, γνώριζε ότι το μικρό κομπόδεμα που κουβαλούσε μαζί του, θα του έφτανε μετά βίας, για να τα βγάλει πέρα, όχι παραπάνω από έναν χρόνο, αλλά ήταν αισιόδοξος ότι όλα θα του πήγαιναν καλά. Μέσα στις σκέψεις του, έμπαινε και η Ασημίνα με την οποία ήδη άρχισε να νιώθει αρκετά οικεία.... και όχι μόνο, μιας που η γυναικεία φύση της, την οποία ήξερε να αναδεικνύει, του ξυπνούσε και πάλι αισθήματα, που για πολύ καιρό είχε θάψει βαθιά μέσα του.

Η Ασημίνα πάλι, αν και ο Μενέλαος, καθόταν δίπλα της, στο το μυαλό της έφερε τη μορφή του Branko του μόνου άντρα που μέχρι τότε είχε μοιραστεί το κρεβάτι της. Σέρβος, ψηλός, όμορφος, αστείος, γλεντζές, αν και διαρκώς άεργος... ήταν ότι καλύτερο (!) είχε ποτέ στη ζωή της. Αν κι εκείνος, από τότε που αποφάσισαν να ζήσουν μαζί, στο μικρό του διαμέρισμα... κρυφά από το θείο της, σταμάτησε και τα λίγα, περιστασιακά μεροκάματα που έκανε στο συνεργείο οικοδομών του ξαδέρφου του. Την αγαπούσε αληθινά, την πονούσε - έτσι έλεγε τουλάχιστον - συγχρόνως όμως την εκμεταλλευόταν και δεν φαινόταν διατιθέμενος να αλλάξει τρόπο ζωής. Η Ασημίνα πάλι, αδυνατούσε να δει το μέλλον της με "τα μάτια της λογικής", παραδομένη στο ερωτικό πάθος που ζούσε μαζί του. Αποφασισμένη να το πάει μέχρι τέλους, τώρα στο ξεκίνημα της τέταρτης δεκαετίας της ζωής της, ζούσε αυτό που της όφειλε η ζωή.

Μετά από πέντε μήνες σχέσης, με συνεχείς νυχτερινές εξόδους, έντονους καβγάδες αλλά και λυτρωτικό ερωτικό πάθος, γυρνώντας μια μέρα από τη δουλειά στο σπίτι, παραξενεύτηκε που δεν τον βρήκε εκεί. Μετά από λίγη ώρα, κτύπησε η πόρτα, άνοιξε, δύο αστυνόμοι την ενημέρωναν ότι ο Branko μαχαιρώθηκε σε έναν καβγά με συμπατριώτες του, για κάποιοι παλιό χρέος από τα χαρτιά. το οποίο δεν πλήρωνε. Ποτέ δεν της είχε πει κάτι.

-Να φέρω καμιά μπύρα;

-Αν δεν σου κάνει κόπο...

Η Ασημίνα σηκώθηκε και κατευθύνθηκε προς το μπαρ του καραβιού.

Επιστρέφοντας μετά από λίγο, με δυο μπουκάλια στα χέρια της, βλέπει στην άκρη του μεγάλου καταστρώματος, δίπλα στην κουπαστή, εκεί που καθόταν ο Μενέλαος, πεσμένο έναν άντρα. Κάποιος προσπαθούσε να τον συνεφέρει δίνοντας του το φιλί της ζωής. Οι μπύρες της έπεσαν από τα χέρια, όρμησε προς τα εκεί, γονάτισε και του έπιασε σφιχτά το χέρι. Γύρω τους είχε μαζευτεί πολύ κόσμος, βουβός, παρακολουθούσε τις γεμάτες άγχος προσπάθειες του ερασιτέχνη διασώστη. Πολύ γρήγορα έφτασε και ο γιατρός του πλοίου, ο οποίος αφού τον εξέτασε προσεκτικά, ανακοίνωσε το θάνατο του. Συγχρόνως έφτανε και ο δεύτερος καπετάνιος συνοδευόμενος από δύο ναύτες. Αφού ενημερώθηκε, διέταξε τους ναύτες να φέρουν ένα φορείο και να μεταφέρουν το νεκρό στο ιατρείο. Καθώς τον σήκωναν, η γεμάτη πόνο έκφραση στο πρόσωπο του νεκρού. έκανε την Ασημίνα που μέχρι τότε αδυνατούσε να πιστέψει αυτό που γινόταν, να του αφήσει απότομα το χέρι.

Μόλις ελευθέρωσε το χέρι της από το νεκρό πια Μενέλαο, δίχως καμία έκφραση στο πρόσωπο της, προχώρησε με αργά βήματα προς την πρύμνη του καραβιού, άναψε τσιγάρο, ακούμπησε στην ξύλινη κουπαστή και προσήλωσε το βλέμμα της στη γραμμή του ορίζοντα. Ένα δάκρυ ίσα που έβρεξε το μάγουλο της...

22 Δεκεμβρίου 2015

Ο μόνος δρόμος

Όταν η Μαρία σηκώθηκε απ' το τραπέζι, επιχειρώντας να βοηθήσει τη μάνα της στο μάζεμα των πιάτων, εκείνη την αποθάρρυνε μ' ένα νεύμα. Τότε έπιασε ένα απ' τα βιβλία που έφερε μαζί της και κάθισε στην αυλή.

Μπροστά της απλωνόταν το χωριό τους, πιο πίσω η κορυφή του προφήτη Ηλία και πίσω το ατελείωτο γαλάζιο της θάλασσας. Μικρά τα σπιτάκια του, συνήθως δίχωρα με δώμα. Κάποια λίγα, με τα χρήματα που έστελναν οι ξενιτεμένοι συγχωριανοί τους, διάσπαρτα από εδώ κι εκεί, κτίζονταν με περισσότερες ευκολίες, χωριστές κρεβατοκάμαρες, εσωτερική τουαλέτα αλλά με μικρότερες ή ακόμα και ανύπαρκτες αυλές. Το προχωρημένο φθινόπωρο περισσότερο με άνοιξη έμοιαζε. Ο ουρανός ήταν γαλάζιος, ελάχιστα σύννεφα φαίνονταν προς το βάθος της θάλασσας και μια ανάερη απογευματινή ζέστα γλύκαινε τη ψυχή τους. Οι ελιές είχαν γεμίσει καρπό, οι αμυγδαλιές είχαν ρίξει τα φύλλα τους και μια παράξενη ησυχία, όχι όμως ασυνήθιστη για το χωριό αυτή την ώρα. Οι απαγορευμένες ώρες που επέβαλαν οι δάσκαλοι, κρατούσαν τα παιδιά στα σπίτια τους ή κρύβονταν, προσπαθώντας να παίξουν στα βουβά, πίσω απ' τα στενά σοκάκια με σκυφτά κεφάλια μην τα πάρει είδηση κάποιο μάτι, που την άλλη μέρα θα τα κατέδιδε στο δάσκαλο.

Σε λίγο η μάνα της, της έφερε το δίσκο με τον τούρκικο καφέ - έτσι τον έλεγαν ακόμα τότε στο χωριό της- κι ένα δροσερό ποτήρι νερό. Κάθισε δίπλα της! Η συζήτηση σχεδόν τυπική! Πώς πάει το Πανεπιστήμιο, πώς είναι η ζωή στη Θεσσαλονίκη, τι κάνουν οι παρέες της. Στην πραγματικότητα η Χάρης, ήθελε να μάθει απ' την κόρη της αν είχε δημιουργήσει κάποιον δεσμό, όμως οι σύντομες, δίχως ενθουσιασμό απαντήσεις που λάμβανε, την αποθάρρυναν από το να συνεχίσει την κουβέντα. Αυτή ήταν και η μεγάλη της αγωνία. Είχε κάνει την υπέρβαση μια φορά απέναντι στα κλειστά ήθη του χωριού της, στέλνοντας την κόρη της μόνη να σπουδάσει στη μακρινή

22

Θεσσαλονίκη, μα αν τα έμπλεκε μ' έναν "ξένο", ποιος θα μπορούσε να κλείσει τα στόματα των συγχωριανών της. Θα κατασπάραζαν τη Χάρις οικτίροντας την για την τύχη της, αλλά και αποδίδοντας της όλες τις ευθύνες των επιλογών της. Τη δε Μαρία, θα την ξέγραφαν οριστικά από τα κατάστιχα των καλών και τίμιων κοριτσιών του τόπου τους κι έτσι θα έχανε το τυχερό της, κάποιον από εκείνους περιζήτητους γαμπρούς του νησιού, που ήδη την γλυκοκοίταζαν. Αυτά σκεφτόταν η Χάρις. Το πρόσωπό της, πάντα σκληρό και υπερήφανο, είχε σπάσει. Δεν ήταν οι ρυτίδες που εμφανίστηκαν τα δύο τελευταία χρόνια, με μια περίεργη ζωηράδα, πολύ νωρίτερα απ' ότι σε άλλες της ηλικίας της. Ήταν εκείνη η βαθιά θλίψη των ματιών της, που ανέβαινε απ' τα κατάβαθα της ψυχής της και της κατέτρωγε μέρα με τη μέρα την άλλοτε αγέρωχη όψη της. Το ένστικτο που μιλούσε μέσα και δεν λάθευε. Δεν γνώριζε αλλά ήξερε. Η κόρη της είχε αλλάξει δεν ήταν πια η μικρή της Μαρία, αλλά μια γυναίκα που είχε πάρει της αποφάσεις της!

Ξάφνου, από τα μεγάφωνα της κοινότητας, ακούστηκε ένα παιδικό ουρλιαχτό, μπερδεμένο με αναφιλητά.

- "Οχι, σας λέω, όχι.... δεν το έκανα εγώ... δεν ξέρω τίποτα!

Οι δύο σφαλιάρες που ακούστηκαν στη συνέχεια καθαρά, τα αναφιλητά που έγιναν κλάμα, η άγρια φωνή του χωροφύλακα, ήταν αρκετά για να καταλάβουν όλοι στο χωριό, τι γινόταν. Η Χάρις ανέλαβε να εξηγήσει στην κόρη της. Πριν από δυο βράδια, κάποιοι διέρρηξαν το σπίτι της Μαρίκας της Αμερικάνας, το οποίο άνοιγε μόνο τα καλοκαίρια όταν ερχόταν η ιδιοκτήτρια του με τις κόρες της για διακοπές και μπήκαν στην κουζίνα σπάζοντας την πόρτα, από την αυλή. Κατέβασαν τις κονσέρβες, που υπήρχαν στα ντουλάπια και τις αμερικάνικες σοκολάτες από τα συρτάρια που δεν πρόλαβαν να κεραστούν και γέμισαν την κοιλιά τους. Ακούστηκε ότι φεύγοντας πήραν μαζί τους και το τρανζίστορ με τη δερμάτινη θήκη, που ήταν πάνω στο ψυγείο.

Το μεγάφωνα σίγησαν, σίγουρα η ανάκριση συνεχιζόταν, οι δράστες θα βρίσκονταν σίγουρα, ποιος μπορούσε να τα βάλει

23

με την παντοδύναμη χωροφυλακή των χρόνων εκείνων. Στην ανάγκη θα καλούσαν και τη σήμανση από τη Ρόδο, σπάνια έφταναν όμως ως εκεί μιας και πρόθυμοι υποστηρικτές του καθεστώτος, υπήρχαν παντού, αυτοί είχαν αναλάβει και το ρόλο του πληροφοριοδότη για κάθε περίεργη ή διαφορετική αντίδραση κάποιου συγχωριανού τους. Το ολιγόλεπτο άνοιγμα των μεγαφώνων ήταν απλά και μόνο μια προειδοποίηση προς το χωριό ότι η χωροφυλακή στέκει άγρυπνη, τηρεί την επιταγή της κυβέρνησης για ασφάλεια και τάξη και ότι αργά ή γρήγορα θα έβρισκαν τους ενόχους... με κάθε τρόπο!

Η Μαρία σηκώθηκε. Μια γουλιά καφέ πρόφτασε να πιει μόνο. Μπήκε μέσα στο σπίτι, έκλεισε το κάτω τμήμα της μεσόπορτας αφήνοντας ολάνοιχτο το πάνω. Ακούμπησε την πλάτη της στη σκληρή ξύλινη επιφάνεια του σουφά και ξάπλωσε στο παγκάλι, απέναντι από την είσοδο του σπιτιού. Η μάνα της ήξερε τη συνέχεια. Ατελείωτη σιγή, αβάσταχτη για την ψυχή της, θα πλημμύριζε και πάλι το σπίτι. Μάζεψε το δίσκο και μπήκε στη κουζίνα να συγυρίσει, ξανά, με αμήχανες κινήσεις, τακτοποιημένα ήταν εξάλλου όλα, μα κάτι έπρεπε να κάνει. Κάθισε δίπλα στο σβηστό τζάκι, ακόμα δεν είχε χρειαστεί να ανάψει. Σε λίγες ημέρες θα ξεκινούσε το μάζεμα των ελιών, γι᾽ αυτό ήλθε και η κόρη της, η βοήθεια της ήταν απαραίτητη. Δεν της μιλούσε πια η κόρη της. Δεν τις έλεγε σχεδόν τίποτα πέρα από τα τυπικά και τα αναγκαία. Δεν ήταν έτσι παλαιότερα. Μέχρι να φύγει για την Αθήνα, ειδικά στα τελευταία χρόνια του Γυμνασίου, οι καρδιές τους ανοίχτηκαν, οι καημοί της μιας έβρισκαν παρηγοριά στα λόγια της άλλης, οι δυσκολίες που τους επιφύλαξε η ζωή μέχρι τότε - με μεγαλύτερη εκείνη του φευγιού του άντρα της στη Αμερική και μόνη επικοινωνία μαζί τους μια τακτική, μηνιαία επιταγή, όχι πάντα με το ίδιο ποσό- της φαίνονταν πια ασήμαντες. Έβλεπε την κόρη της να μεγαλώνει, να γίνεται γυναίκα,να ονειρεύεται να σπάσει τα δεσμά της μικρής τους κοινωνίας, να αριστεύει κάθε χρόνο στο σχολείο, να της εκμυστηρεύεται το όνειρο της να γίνει φιλόλογος. Να της μιλά για τη σοφία των αρχαίων, για την ομορφιά των σύγχρονων συγγραφέων και καμιά φορά να της διαβάζει αποσπάσματα από τους αγαπημένους της ποιητές, τον Παλαμά, τον Σικελιανό, πρώτη φορά τα άκουγε όλα αυτά, της άρεσαν. Περισσότερο της άρεσε που τα άκουγε από το στόμα της κόρης της. Την έτρωγε όμως η αδυναμία της να αφήσει το σπίτι της, να ακολουθήσει την κόρη της στον τόπο των σπουδών της. Η επιταγή που έφτανε από την Αμερική θα ήταν αδύνατο να τις ζήσει και τις δύο αν εκείνη δεν φρόντιζε τον κήπο της, τις ελιές της τα λίγα ζώα της. Το καλοκαίρι, που υποχρεωτικά η κόρη της, έπρεπε να προετοιμαστεί για τις εξετάσεις για την είσοδο της στο Πανεπιστήμιο ήταν ένας εφιάλτης για εκείνη. Την είχε στείλει βέβαια να μείνει με την ξαδέλφη της, στον Πειραιά. Εκείνη την καθησύχαζε ότι η κόρη της τηρούσε το πρόγραμμα της με θρησκευτική ευλάβεια, φροντιστήριο μέχρι το μεσημέρι, επιστροφή στο σπίτι πάντα στην ώρα της, διάβασμα δίχως διακοπές παρά την ανυπόφορη κάψα του σπιτιού, καμία περίεργη έξοδος. Και βγήκαν τα αποτελέσματα. Μέσα του φθινοπώρου του 1971, όταν στο ραδιόφωνο ακούστηκε και το δικό της όνομα, περνούσε στη Φιλοσοφική της Θεσσαλονίκης. Από τη μια μοιραζόταν τη χαρά του παιδιού της, χαιρόταν την ολοφάνερη ευτυχία του, την ανταμοιβή των κόπων του, με τους δρόμους που ανοίγονταν πια διάπλατα μπροστά στην κόρη της αλλά... συγχρόνως καιγόταν για τις συγχωριανές της, που δεν άφηναν ευκαιρία για να σε πιάσουν στα στόματα τους. Η κόρη της υποχρεωτικά, δεν υπήρχε άλλη επιλογή, θα ήταν μόνη της στην ξένη πόλη, γεγονός ασυνήθιστο για την κοινωνία τους. Πού ακούστηκε να την αφήσει μόνη της να σπουδάσει, ποιος θα την προσέχει; Ήδη άκουγε τα λόγια τους, σαν να τις είχε εκεί μπροστά της, τόσο ζωντανά ακούγονταν που ασυναίσθητα με τα χέρια της σκέπασε τα αυτιά της. Γνώριζε τη συνέχεια. Η μοναξιά της τα επόμενα χρόνια θα γινόταν όλο και μεγαλύτερη. Τη μοναξιά που βίωνε όχι μόνο από την εγκατάλειψη του άντρα της αλλά και από την αποξένωση στην οποία την καταδίκασαν όλες τους, περισσότερο οι άλλοτε φίλες και συμμαθήτριες της, όταν εκείνες κατάλαβαν ότι θα κοιμόταν πια μόνη της σε όλη της τη ζωή. Ούτε το όνομα της δεν έλεγαν, λες κι ένα ολάκερο χωριό έπαθε αμνησία. Γι' αυτούς ήταν η Ζωντοχήρα.

Γι᾽ αυτό η κόρη της έπρεπε να σπουδάσει, με κάθε τίμημα, να γίνει φιλόλογος, όπως το είχαν ονειρευτεί μαζί, να διδάξει στο γυμνάσιο του νησιού τους... έπρεπε να γυρίσει στο νησί, στο χωριό τους. Η πόλη είναι πλανεύτρα, η Θεσσαλονίκη είναι πολύ μακριά, κανέναν γνωστό ή συγγενή δεν είχαν εκεί. Πώς θα πήγαινε μόνη της, πού θα ζούσε, πώς θα τα έβγαζε πέρα και αυτό που φοβόταν περισσότερο... αν η καρδιά της δινόταν σε κάποιον ξένο τι θα γινόταν; Τι ξένο της απαντούσε η κόρη της, όλοι Έλληνες δεν είμαστε; Ξένοι είναι, δεν είναι δικοί μας, από τον τόπο μας της απαντούσε και με το βλέμμα της μόνο την έκανε να καταλαβαίνει ότι αυτός ήταν ο μόνος όρος που της έβαζε. Να μην ερωτευτεί "ξένο".

Και τώρα την έβλεπε να έρχεται κοντά της, όπως τα είχαν συμφωνήσει, για να βοηθήσει στις ελιές, τα Χριστούγεννα, το Πάσχα, όλο το καλοκαίρι, αμέσως μετά την εξεταστική, μα δεν ήταν πια το ίδιο. Δεν μιλούσαν πια! Τα στόματα τους, φοβούνταν να ανοίξουν. Οι ερωτήσεις έκρυβαν απαντήσεις που της ήταν αδύνατο να αντέξει.Οι μάνες γνωρίζουν. Κι εκείνη, η Χάρις, η ζωντοχήρα γνώριζε. Η τακτική παρουσία της Μαρίας στο νησί, όπως είχαν συμφωνήσει, στην αρχή την καθησύχαζε. Η ατελείωτη όμως άρνηση της να ανοίξει κουβέντα μαζί της, για την τωρινή της ζωή, την φόβιζε. Ήταν σίγουρη, ότι είχε παραβεί την υπόσχεση της. Πώς να σταθεί η κόρη της απέναντι της, πώς ν᾽ ανοίξουν και πάλι τις καρδιές τους, πώς να μιλήσουν για το μέλλον που με τόση λαχτάρα περίμενε η Χάρις, αφού, ήταν ολοφάνερο, είχε ερωτευτεί κάποιον ξένο.....

Η Μαρία, κρατούσε ακόμα στα χέρια της το βιβλίο της. Κλειστό. Οι κραυγές του μικρού συγχωριανού της που αντιλάλησαν σε όλο το χωριό την είχαν ταράξει. Η φοιτητική ζωή στη Θεσσαλονίκη, της είχε ανοίξει ορίζοντες που ούτε φανταζόταν ότι υπήρχαν. Μπορεί η σχολή της, η άλλοτε κραταιά Φιλοσοφική του Κακριδή και του Μαρωνίτη, να ασφυκτιούσε από τους ρουφιάνους και τους συμβιβασμένους με το καθεστώς καθηγητές, που έμειναν για να διδάξουν, αλλά οι φοιτητές με τη δύναμη των νιάτων τους, έβρισκαν διαφυγές ελευθερίας. Εύκολα ή δύσκολα, ξεπερνούσαν την αυστηρότητα που τους επιβαλλόταν, έβρισκαν παλιά, κιτρινισμένα βιβλία των συγγραφέων που το καθεστώς μισούσε, από κάποια ιδιωτική βιβλιοθήκη, ή έβρισκαν κάποιο δίσκο του Θεοδωράκη και τον άκουγαν χαμηλόφωνα , κλεισμένοι σε κάποιο απ' τα δωμάτια τους, ή άκουγαν τις ραδιοφωνικές φωνές απ' τη Μόσχα, το ΒΒC ή τη Ντόιτσε Βέλε, ή διάβαζαν στα γρήγορα τα φυλλάδια που τύπωναν οι πιο οργανωμένοι συμφοιτητές τους. Γνώριζαν πολύ καλά το περιβάλλον μέσα στο οποίο ζούσαν, ήλπιζαν όμως, κάθε μέρα και περισσότερο, ότι θα έχουν την χαρά να αισθανθούν την ελευθερία στην πατρίδα τους. Την ελευθερία που η Μαρία αλλά και οι υπόλοιποι συμφοιτητές της που προέρχονταν από την επαρχία, μέχρι τότε, ποτέ δεν την είχαν γευτεί αληθινά. Όσο κι αν η Αθήνα ή η Θεσσαλονίκη και οι άλλες μεγάλες πόλεις, πριν την επιβολή της δικτατορίας ζούσαν τις δικές τους επαναστάσεις, εκεί στην επαρχία οι ρυθμοί ήταν πάντα διαφορετικοί, τα ήθη της κοινωνίας έδεναν καλύτερα με τις απόλυτα συντηρητικές λογικές του επίσημου κράτους, η πρόοδος της κοινωνίας προχωρούσε με αφάνταστα αργούς ρυθμούς.

Στις παρέες αυτές, στις οποίες γρήγορα, από το πρώτο έτος της κιόλας εντάχθηκε η Μαρία, γνώρισε το Διονύση, με καταγωγή απ' ένα ορεινό χωριό της Θεσπρωτίας, κοντά στα Ελληνοαλβανικά σύνορα. Οι γονείς του άνθρωποι του μόχθου, ζούσαν από τα ζώα τους, φτωχικά μα και με αξιοπρέπεια, όπως το επέβαλαν οι εποχές. Ο Διονύσης, ήταν ο πρωτογιός τους, φοιτητής της νομικής, το καμάρι τους. Οι μικρότερες αδελφές του, ήθελαν να του μοιάσουν, να περάσουν κι αυτές σε κάποια σχολή για να σπάσουν τα όρια που επέβαλαν τα γύρω βουνά στα όνειρα τους. Η μάνα και ο πατέρας τους, από τη μια χαίρονταν όταν έβλεπαν τα παιδιά τους να είναι αφοσιωμένα στα γράμματα, από την άλλη όμως αγωνιούσαν για το πως θα κατάφερναν να τα σπουδάσουν όλα. Τα έσοδα τους ήταν λίγα, και μόνο με τις σπουδές του Διονύση τα οικονομικά τους στένεψαν πολύ. Ίσως αν ο Διονύσης τους δικηγορούσε γρήγορα, να αναλάμβανε ένα μέρος των οικογενειακών υποχρεώσεων. Όπως κάθε οικογένεια ζει με τα δικά της προβλήματα, με τις δικές της αγωνίες, με τα δικά της όνειρα, έτσι και του Διονύση.

Της Μαρίας της άρεσε ο Διονύσης. Της άρεσε ο λόγος του, οι ιδέες του, τα οράματα του για το μέλλον. Προσπαθούσε κι αυτός να σπάσει τα δικά του δεσμά. Αν και η οικογένεια του στα χρόνια του εμφυλίου προσπάθησε να μείνει ουδέτερη, αυτό αποδείχθηκε πέρα από τις δυνάμεις του πατριάρχη της οικογένειας, του παππού τους. Αδυνατούσε να αντιληφθεί για ποιο λόγο οι κοντοχωριανοί του καπεταναίοι του Δημοκρατικού Στρατού, ήταν καλύτεροι από τους προηγούμενους. Αυτοί που διοικούσαν μέχρι τότε, τα ισχυρά συνάφια της περιοχής του, τον μόχθο των τσοπαναραίων της Μουργκάνας, τον εκμεταλλεύονταν για τη δική τους καλοπέραση. Μα και οι καινούριοι, κάθε τόσο ορμούσαν στο μαντρί του και του έπαιρναν τη μια ζώα, την άλλη το γάλα και την άλλη τα τυριά. Για τους ανθρώπους αυτούς, που από πάππου προς πάππου είχαν μάθει να τα βγάζουν πέρα με τα λιγοστά που τους έδινε η φύση και η δουλειά τους, εκεί στα ψηλά βουνά με τις αλλεπάλληλες βουνοπλαγιές και τα βαθιά φαράγγια, το λιγοστό τους βιος ήταν ιερό. Και βιος τους λογάριαζαν τα ζώα τους, τα παιδιά τους, τη στάνη τους, το σπίτι στο χωριό που το κρατούσαν οι γυναίκες. Οι ατελείωτες βοσκήσιμες εκτάσεις που είχαν στη διάθεση τους, έφταναν για όλους, το βιος τους όμως ήταν υπολογισμένο ένα προς ένα και η κάθε απώλεια μετρούσε. Έτσι τα είχε μάθει ο παππούς του Διονύση, γι' αυτό και τα κηρύγματα των ανταρτών για κοινοκτημοσύνη, για τον κοινό μόχθο που έπρεπε όλοι να καταβάλλουν, για το καλό όλων και όλα αυτά τα ωραία λόγια τον άφηναν ασυγκίνητο. Και πληγώθηκε βαριά όταν ένα βράδυ, του κτύπησαν την πόρτα, εκεί στο πρόχειρο καλοκαιρινό του μαντρί και μαζί με αυτά που βρήκαν και πήραν οι γενειοφόροι και αγριεμένοι αντάρτες, τους οποίους γνώριζε έναν προς ένα, πάππου προς πάππου, τους ακολούθησε και ο μικρότερος γιος του. Αφού γέμισαν τα σακιά που είχαν μαζί τους και άνοιξαν την πόρτα για να χαθούν μέσα στη νύχτα, σηκώθηκε και εκείνος, ο στερνός του, ο Μιχαλάκης του και δίχως να τον χαιρετήσει έκλεισε τελευταίος την πόρτα της καλύβας.

Δεν τον ξανάδε ποτέ πια. Ούτε έμαθαν ποτέ τίποτα γι' αυτόν. Εκείνο το βράδυ δεν άνοιξε το στόμα του καθόλου. Τίποτε δεν είπε. Μα ούτε και μάτι έκλεισε. Όλο το βράδυ το πέρασε έξω, καθισμένος δίπλα στην είσοδο της καλύβας, κοιτάζοντας το φεγγάρι που ήταν στη σβήση του πια, προσπαθώντας να διακρίνει στις απέναντι πλαγιές τις σκιές των ανθρώπων που του πήραν το παιδί του ή να ακούσει κάποιες από τις κουβέντες τους, μήπως και κάτι καταλάβει για την απόφαση του γιου του. Τίποτα! Την αυγή μπήκε μέσα, έκανε τις ίδιες ετοιμασίες όπως κάθε μέρα, σήκωσε και τον πατέρα του Διονύση και ξεκίνησε μια ακόμα ημέρα γι' αυτούς, με τα ζώα τους να βόσκουν στη γύρω περιοχή, τα σκυλιά τους να τρέχουν από εδώ κι εκεί και πριν το σούρουπο να τα μαζέψουν στο μαντρί για να πάρουν το πρωί και πάλι το γάλα τους.

Κι αργότερα όταν άρχισαν οι εκκαθαριστικές επιχειρήσεις του στρατού και τους ανάγκασαν να κατέβουν στα χαμηλώματα, κοντά στην Παραμυθιά, βρέθηκε αντιμέτωπος με δύο κόσμους. Από τη μια εκείνους που μιλούσαν για το πατέρα του κομμουνιστή αντάρτη και από την άλλη για εκείνους που μιλούσαν για τον καλό οικογενειάρχη, τον νοικοκύρη, που διαφύλαξε το βιος του και είχε έναν γιο, τον πατέρα του Διονύση, ο οποίος ως στρατεύσιμος πια, είχε καταγεί στον ελληνικό στρατό, την εποχή που έδινε τις τελευταίες σκληρές μάχες στο Γράμμο και το Βίτσι. Η επιχείρηση Πυρσός, για την οποία πολλές φορές του μιλούσε ο πατέρας του, αποτέλεσε το τέλος του οράματος του ΚΚΕ για ένα ελεύθερο σοσιαλιστικό κράτος εντός της Ελλάδας, αλλά πάντα τα λόγια του τα συνόδευε με πόνο για τις εκατοντάδες νεκρούς που έπεσαν δίπλα του, για το κατήφορο που πήρε το χωριό τους από κει και πέρα, μιλούσε απαξιωτικά για όλους εκείνους της περιοχής τους, που τάχθηκαν με την άλλη μεριά, ποτέ του όμως δεν είπε κουβέντα, ούτε καν αναρωτήθηκε για την τύχη του αδελφού του. Τουλάχιστον στα φανερά. Ο μικρός Διονύσης, άργησε να μάθει για τον χαμένο του θείο, τον Μιχαλάκη. Το έμαθε από τη γιαγιά του, η οποία παρά τη απαγόρευση του άντρα της για κάθε αναφορά στο όνομα του

Μιχαλάκη της, εκείνης ο καημός ξεχείλιζε από τα μάτια και την καρδιά σε κάθε επέτειο της νίκης, όταν άκουγε για τα ανδραγαθήματα του ελληνικού στρατού ενάντια στους συμμορίτες. Βούρκωνε για τον ένα της γιο που γύρισε ζωντανός, βούρκωνε όμως και για τον άλλο, τον στερνό της, που τον έχασε χωρίς να έχει μάθει ποτέ, πώς και πού.

Την Μαρία πάλι τέτοιες βαριές ιστορίες δεν την στοίχειωναν. Τα Δωδεκάνησα από τα οποία καταγόταν, ενσωματώθηκαν στην Ελλάδα το 47, ουσιαστικά εμφύλιο δεν έζησαν, το όνειρό τους για ελευθερία και ένωση με την μητέρα Ελλάδα, δεν άφηνε περιθώρια για το όραμα ενός καλύτερου και πιο δίκαιου κόσμου. Ο δικός τους νέος κόσμος άκουγε στο όνομα Ελλάδα, να ανοίξουν ξανά τα ελληνικά σχολεία, να βλέπουν την γαλανόλευκη υψωμένη στον ιστό του διοικητηρίου του νησιού της. Μα και οι πρώτοι στρατεύσιμοι από τα ελεύθερα πια νησιά του νοτίου νησιωτικού μας συμπλέγματος, παρουσιάστηκαν μετά τη λήξη του εμφυλίου. Βέβαια , υπήρχαν οι συγχωριανοί της που ζούσαν στην Αθήνα και τον Πειραιά, σπούδαζαν ή εργάζονταν στα λατομεία της Πεντέλης, που πολλοί στρατεύτηκαν στις ηρωικές ημέρες του Αλβανικού μετώπου, έζησαν την μεγάλη πείνα του 41. Μιλούσαν με θαυμασμό για τον Ιερό Λόχο του Τσιγάντε που έδρασε στα νησιά, μιλούσαν για τις επιτάξεις της σοδειάς τους από τους Ιταλούς και τους ντόπιους ρουφιάνους, για την χαρμόσυνη ημέρα που οι συμπατριώτες της απομόνωσαν την εναπομείνασα Ιταλική φρουρά του νησιού της. Θυμούνταν τον ερχομό των Άγγλων με τους μελαψούς Ινδούς στρατιώτες, για την ηλιόλουστη ημέρα της παράδοσης των νησιών στην Ελλάδα και για την επίσκεψη στα ελληνικά πια νησιά, του βασιλιά Παύλου. Μόνο για τον εμφύλιο δεν μιλούσε ποτέ κανένας. Την μόνη φορά που κάτι άκουσε ήταν για τη γειτόνισσα της, την Ευλαλία, που ζούσε μόνη της, αποκομμένη σχεδόν από το υπόλοιπο χωριό. Είπαν ότι είχε έναν αδελφό "κομμουνιστή", αυτό το έλεγαν σχεδόν από μέσα τους, ο οποίος εκτελέστηκε διότι ήθελε την ανατροπή του βασιλιά... Στη συνέχεια έζησε το φευγιό των συγχωριανών της, προς την Αυστραλία, την Αμερική τη Ροδεσία - το οριστικό μα και ακατανόητο φευγιό του δικού της πατέρα, τον σταδιακό μαρασμό του τόπου της, τις αυστηρές εντολές των δασκάλων της, την παντοδυναμία της χωροφυλακής, την ενσωμάτωση της εκκλησίας στην κρατική εξουσία και τα κηρύγματα όλων τους, που σε κάθε πρόταση τους υπήρχε η λέξη "απαγορεύεται", που μιλούσαν για μια πατρίδα, για μια θρησκεία και για μια οικογένεια, που για την έφηβη Μαρία αποτελούσαν έναν βρόγχο στα όνειρα της και για το μέλλον της, δεν ταίριαζαν με την έννοια της ελευθερίας που της σιγόκαιγε τα στήθη και το μυαλό. Μα πιο πολύ την έκαιγε όλο εκείνο το ατελείωτο βάρος που τη φόρτωναν οι συγχωριανοί της, έτοιμοι με τα λόγια τους, να σε κατασπαράξουν, αν τους έδινες την ελάχιστη αφορμή, να ξεστρατίσεις έστω λίγο από αυτά που εκείνοι θεωρούσαν τα ιερά και τα όσια της μικρής τους κοινωνίας, αυτά που παρέλαβαν όπως φώναζαν ή και... τραγουδούσαν με στόμφο από τους προγόνους τους.

Στη Θεσσαλονίκη η Μαρία ανέπνεε. Επιτέλους αισθανόταν ελεύθερη, παρά τη δικτατορία στην οποία ζούσαν. Στο μέγεθος της συμπρωτεύουσας και στους αδιάφορους ανθρώπους που περνούσαν δίπλα της, δίχως καν να σου ρίξουν μια ματιά ή πολύ περισσότερο να σε χαιρετίσουν, αισθανόταν ότι ο δικός της κόσμος είχε ανοίξει πια. Όταν κατέβαινε στον παραλιακό, στην οδό Νίκης και κοίταζε προς τη θάλασσα, αισθανόταν ότι δεν υπήρχε πια κανένας περιορισμός στα όνειρα της. Τότε εκείνα ελευθερώνονταν από τα όρια του μικρόκοσμου του νησιού της, αφήνονταν να ταξιδεύουν σε κάθε φαντασιακή λεωφόρο, ξέφευγαν πια από τα στενά μονοπάτια, που η λιγοστή μέχρι τότε ζωή της, της είχε επιτρέψει. Η γραμμή του θαλάσσιου ορίζοντα, η γκρίζα σκιά του Ολύμπου απέναντι της, οι πολυκατοικίες πίσω της, δεν ήταν φυλακή για εκείνην αλλά το μέλλον της, στο οποίο δεν έβλεπε τέλος. Πόσο διαφορετικά ένιωθε στο νησί της, όταν η γραμμή του ορίζοντα, από την οποία κάθε πρωί έβλεπε τον ήλιο να σηκώνεται, αποτελούσε το σύνορο το οποίο δεν είχε δικαίωμα να αγνοήσει ποτέ στους μελλοντικούς της σχεδιασμούς.

Η γνωριμία της με τους συμφοιτητές της, παιδιά κι εκείνα της επαρχίας στην πλειοψηφία τους, με τα ίδια ασφυκτικά εφηβικά βιώματα των μικρών κοινωνιών τους, οι αναζητήσεις τους, οι κουβέντες τους δίχως περιορισμό, η ανατροπή των διδασκαλιών που για χρόνια δέχονταν για το σιδηρούν παραπέτασμα, η επαφή τους με το όραμα ενός διαφορετικού κόσμου, πιο δίκαιου, της σοσιαλιστικής κοινωνίας όπως έλεγαν, έδιναν στην Μαρία μια αίσθηση επιπλέον ελευθερίας, που όμοια της δεν είχε γνωρίσει μέχρι τότε. Ο Διονύσης από την πρώτη μέρα, στάθηκε δίπλα της, της μιλούσε για τα μέρη του, για ιστορίες που δεν είχε ακούσει ποτέ, για αδελφοκτόνους πολέμους, για κυνηγητό αντιφρονούντων και τόπους εξορίας, για λερωμένα μητρώα. Αναρωτιόταν αστειευόμενος για το δικό του φάκελο, με ποιον πρόγονο του θα το ταίριαζαν με τον πατέρα του που πολέμησε με τους νικητές ή με τον χαμένο του θείο, τον κομμουνιστή. Εκείνος πάντως είχε επιλέξει. Η δικτατορία που τους επιβλήθηκε απ᾽ τους Αμερικάνους, ο φόβος να εκφράσεις τη διαφορετική σου γνώμη, ο σοσιαλιστικός παράδεισος που κτιζόταν δίπλα τους, έτσι μάθαιναν, αλλά γι᾽ αυτούς απαγορευμένος, τα μηνύματα απ᾽ το εξωτερικό που έφταναν, για έναν ξεριζωμένο αγωνιζόμενο ελληνισμό, τον ενέταξαν στην αριστερά, έτσι γενικά στην αριστερά, δεν ήθελε να ασφυκτιά στα στενά καλούπια που επέβαλαν οι κομματικοί καθοδηγητές στους άλλους συμφοιτητές της παρέας τους, ήθελε να έχει εκείνος πάντα τον τελευταίο λόγο, το δικό του λόγο. Αλλά και η Μαρία περισσότερο άκουγε, φαντάζοταν την άλλη πραγματικότητα που οι παρέα της ονειρευόταν, αλλά δίσταζε να πάρει θέση. Φοβόταν αυτή την άλλη πραγματικότητα, ήθελε πιο απλά πράγματα, δεν ήθελε άλλους κανόνες στη ζωή της.

Αυτό που πραγματικά απολάμβανε ήταν να διαβάζει, βιβλία, κυρίως τα απαγορευμένα από τους άλλους καθοδηγητές, της ζωής τους, τους θεματοφύλακες των ελληνοχριστιανικών ιδεωδών. Βιβλία τα οποία μοιράζονταν από χέρι σε χέρι, λιωμένα πια από την παλαιότητα και το συνεχές ξεφύλλισμα τους. Την Αντιγόνη του Σοφοκλή, τα μυθιστορήματα του Καζαντζάκη, Ρίτσο, Καβάφη, Σεφέρη, Χατζή, Μπρεχτ και άκουγε Σαββόπουλο, πολύ της άρεσαν οι "καθαροί" γι᾽ αυτήν στίχοι του και η διαφορετική μουσική με την οποία τους ταίριαζε. Δίπλα της σε όλα αυτά τα νέα πράγματα που καθημερινά απολάμβανε, ο Διονύσης. Έτσι η συντροφιά τους όλο και πύκνωνε, γινόταν καθημερινή ανάγκη, έγινε έρωτας. Από τις ατέρμονες αλλά ενθουσιώδεις συζητήσεις τους, στην αρχή μαζί με την παρέα τους, στη συνέχεια στα δικά τους διαμερίσματα, τώρα μοιράζονταν καθημερινά και τα σώματά τους, ανακάλυπταν τις άλλες χαρές της νιότης τους, ευγνωμονούσαν την τύχη που είχε φροντίσει να σμίξουν εκεί, στη Θεσσαλονίκη τους.

Πώς να τα πει όλα αυτά η Μαρία στη μάνα της; Πώς να της πει, ότι έχουν ραγίσει πια τα δεσμά που την κράταγαν αιχμάλωτη στα στενά όρια της μικρής τους, λιπόψυχης κοινωνίας; Πώς να της πει ότι έχει γνωρίσει τον έρωτα με έναν ξένο; Πώς να της πει ότι μετά το πτυχίο της, δεν θα επέστρεφε στο νησί τους για να γίνει η φιλόλογος, όπως είχαν σχεδιάσει κάποτε; Πώς να της μιλήσει για τον φόβο που ακόμα σκίαζε τη ψυχή της, όταν ένιωθε τα μάτια των πάντα ευδιάθετων μανάδων της γειτονιάς της να καρφώνονται πάνω της μέχρι να βγάλουν από μέσα της κάθε κρυφή σκέψη; Πώς να της πει για την ελευθερία που ζούσε πια, στην αγκαλιά του Διονύση της;

Τις σκέψεις της τις διέκοψε το τελάλισμα μιας ομάδας αγοριών του χωριού, όπου με ρυθμική, δυνατή, όσο κρατούσαν τα πνευμόνια τους φωνή, ανακοίνωναν περνώντας μέσα από τα στενά δρομάκια που χώριζαν τα σπίτια, την αποψινή κινηματογραφική προβολή στην κοινοτική αίθουσα του χωριού της. "Απόψε... θα παίξει... ωραία ελληνική ταινία... Οι τελευταίοι του Ρούπελ... Χρήστος Πολίτης....Βέρα Κρούσκα...." Οι φωνές των παιδιών σιγά σιγά χάνονταν στην παραπέρα γειτονιά, το χωριό της απόψε θα ζούσε στο ρυθμό του περιοδεύοντα κινηματογραφιστή του νησιού. Η ταινία κατάλληλη για όλους, πατριωτική, σίγουρα και η Κρούσκα, μεγάλη φίρμα της εποχής της, θα ήταν η αγαπημένη του Πολίτη, οι θεατές θα ένιωθαν υπερήφανοι για τις απέλπιδες ηρωικές μάχες που δόθηκαν την άνοιξη του 41. Κανένας όμως δεν θα τολμούσε ν' αντιπαραθέσει στο μυαλό του τον αγώνα των πολεμιστών για την ελευθερία, με το καθεστώς των συνταγματαρχών στο οποίο ζούσαν, με τις τόσες επιβολές κανόνων και ασυνάρτητων περιορισμών στη ζωή τους. Πέρα από τις εκρήξεις των οβίδων και τα κροταλίσματα των πολυβόλων, οι δημοκρατικές ελευθερίες ήταν ανύπαρκτες. Κάθε χρόνο, την 25η Μαρτίου, την 28η Οκτωβρίου υμνούσαν την ελευθερία, με ποιήματα και θεατρικά σε όλα τα σχολεία της Ελλάδας... μα εκείνη, η πραγματική ελευθερία, του νου, της καρδιάς και της ψυχής τους, είχε απαγορευτεί.

Το μυαλό της πήγε, στη επίσκεψη του υπαρχηγού της κυβέρνησης στο νησί τους, το καλοκαίρι που μόλις είχε περάσει. Εκείνος, σίγουρος για την μακροημέρευση της κυβέρνησης τους, βλέποντας σύσσωμο το νησί να έχει κατέβει στην πρωτεύουσα του για να τον υποδεχθεί, τους ρωτά:

-Έχετε κανένα παράπονο από την κυβέρνησή σας;

-Όχι, όχι φωνάζουν όλοι με μια φωνή.

-Όλα καλά τότε!

Μα από κάπου ακούστηκε μια φωνή, λέγοντας:

-Εγώ έχω παράπονο με τους χωροφύλακες... - ο κόσμος κοκάλωσε, ο ηγέτης γουρλώνει τα μάτια, οι χωροφύλακες ετοιμάζονται για συλλήψεις- ...τα βράδια όταν το γλέντι μας φτάνει στη βράση του, έρχονται και μας σταματάν διότι ενοχλούμε την γειτονιά!!!

Ανακούφιση απ' όλους κι αμέσως δίνεται η εντολή, τα όργανα της τάξης ν' αφήνουν τους γλεντιστάδες του νησιού να τραγουδούν όσο θέλουν. Τι κι αν ακόμα οι στρατίνοι έφτιαχναν τις λακκούβες στους χωματόδρομους του νησιού, τι κι αν ακόμα το καράβι έδενε ανάλογα με τις ορέξεις του καιρού, τι κι αν ακόμα οι χωροφύλακες έδερναν όποιον ήθελαν, όποτε ήθελαν διότι αυτοί ήταν η εξουσία, τι κι αν οι δήμαρχοι ήταν διορισμένοι και τα εκλογικά βιβλιάρια ξεχασμένα για χρόνια σε κάποια συρτάρια... οι συμπατριώτες της αυτό ήθελαν μόνο, ελευθερία στο γλέντι τους. Ίσως να είχαν δίκιο. Το γλέντι τους, οι μαντινάδες που αντάλλαζαν μεταξύ τους, πέρα από την αγάπη, πέρα από τον πόνο της ξενιτιάς, πέρα από τα παινέματα, μιλούσαν και για την καθημερινότητα τους και σίγουρα κάποιος κώδικας υπήρχε στις ρίμες, που έβγαζαν την πίκρα της ζήσης τους σε έναν βράχο του Αιγαίου.

Γρήγορα όμως η Μαρία ξαναγύρισε στα τελευταία λόγια της στο Διονύση όταν τον αποχαιρετούσε. Στην υπόσχεση που είχε δώσει στον αγαπημένο της. Ότι επιτέλους, θα έκανε κουβέντα στη μάνα της για όλα αυτά που σχεδίαζαν μαζί. Μα ενώ στο μυαλό της όλα αυτά γύριζαν και στριφογύριζαν και έφταναν μέχρι το λαιμό της, της ήταν αδύνατον να τα βγάλει, να αρθρώσει έστω και μία μόνο λέξη, η οποία όμως θα ήταν αρκετή για να ξεκινήσει τη διόλου εύκολη μα αναπόφευκτη, αυτή συζήτηση. Το μάζεμα των ελιών σε λίγες μέρες θα τελείωνε, θα καθόταν να περάσουν και τα Χριστούγεννα και μετά θα έφευγε για τη Θεσσαλονίκη. Κι όπου να 'ναι ο αγαπημένος της, τελείωνε τη σχολή του, θα έκανε το στρατιωτικό του και μετά θα ζούσαν μαζί, όπως το είχαν συζητήσει ξανά και ξανά. Αυτό την παρηγορούσε, είχε χρόνο. Είχε όμως στα αλήθεια; Διότι ένα Σάββατο πρωί, αμέσως μετά την εξεταστική του Σεπτέμβρη, οι δυο τους ανέβηκαν στο πούλμαν που πήγαινε για τη Θεσπρωτία, και μετά από ένα ατελείωτο ταξίδι στους στενούς φιδίσιους δρόμους της Πίνδου, έφτασαν βράδυ στο χωριό του. Τη σύστησε στους έκπληκτους γονείς του, ως μια πολύ καλή φίλη, με την οποία είχαν πολλά κοινά. Έτσι τους είπε. Κι εκείνοι αφού ξεπέρασαν τη δική τους αναστάτωση, αφού έκαναν τρόπο να μοιραστεί η φιλοξενούμενη του γιου τους το κρεβάτι της αδελφής του, τον πήραν παράμερα. Η Μαρία είχε κοιμηθεί από νωρίς, μετά από τόση κούραση φυσικό ήταν, και τον ανέκριναν κανονικά. Από πού είναι, και πού είναι αυτό το μέρος, και τι της βρήκες.... Μέχρι τότε ήταν σίγουροι ότι οι σπουδές του, ήταν το μόνο που τον ενδιέφερε. Στο χωριό του ποτέ δεν έκανε πολιτικές συζητήσεις, το καλοκαίρι βοηθούσε τον πατέρα του με τα ζώα. Και τώρα, να τους φέρει αυτήν την νησιώτισσα, από έναν τόπο που ούτε είχαν ξανακούσει, όχι μόνο δεν το περίμεναν αλλά ήταν σαν να γκρεμίζονταν όλες οι ελπίδες που είχαν στηρίξει επάνω του. Του υπενθύμισαν τις υποχρεώσεις του απέναντι στην οικογένεια του, απέναντι στις αδελφές του. Αυτός τους καθησύχασε, τους τόνισε ότι γνώριζε πολύ καλά τις οφειλές του, όμως την αγαπούσε και ήθελε μαζί της να ζήσει από εδώ και πέρα. Όσο κι αν τους ήταν ενάντια σε αυτά που περίμεναν, ήξεραν, το έβλεπαν ολοφάνερα μπροστά τους, ότι ο γιος τους είχε πάρει την απόφαση του.

Εκείνος είχε την τόλμη να την παρουσιάσει στους δικούς του. Εκείνη; Της ήταν αδύνατον, ακόμα τουλάχιστον όσο ένοιωθε ότι υπήρχε ο χρόνος που να δικαιολογεί την παραμονή της στη Θεσσαλονίκη. Και τι θα γινόταν μετά; Ο χρόνος δεν ξεπερνιέται, η στιγμή της αλήθειας κάποτε φτάνει. Κάποτε πρέπει να φτάσει.

- Μαρία!

-Έλα μάνα...

Η Χάρις άνοιξε το μάνταλο που κρατούσε την πόρτα, μπήκε μέσα και κάθισε δίπλα της.

- Μαρία, πες μου... ξέρω, το καταλαβαίνω... φοβάσai να μου μιλήσεις. Πρέπει να μου μιλήσεις, πρέπει να ξέρω....

Η Μαρία γύρισε και την κοίταξε στα μάτια.

- Ναι! πρέπει να ξέρεις.... Δεν με χωρά πια αυτός ο τόπος!

Τα πονεμένα μάτια της μάνας της ήταν αρκετά για να καταλάβει ότι κάποια πράγματα δεν κρύβονται. Τα λόγια μπορεί να μην ειπώθηκαν ποτέ μα η σιωπή της σίγουρα είχε φανερώσει περισσότερα. Έφυγε ο κόμπος απ᾽ το λαιμό της, οι λέξεις μία μία έπαιρναν τη θέση τους, ο λόγος της ήταν ξεκάθαρος, σίγουρος. Όσα την βάραιναν στο νησί και όσα την ευτυχούσαν στη Θεσσαλονίκη, όλα ανοίχτηκαν εκεί, ενώ συγκρατούσε τα δάκρυα της με δυσκολία.

Αγαπούσε το χωριό της. Σε αυτό μεγάλωσε, στα στενά του πρωτόπαιξε με τις φίλες της, στα ίδια στενά του όμως ένιωθε και τα βλέμματα των μανάδων τους να την διαπερνούν, φυλακίζοντας την σε έναν κόσμο που δεν τον ήθελε πια. Γκρεμίστηκε το όνειρο της να γίνει η φιλόλογος του νησιού. Πώς θα δίδασκε ελεύθερα όταν η ίδια καθημερινά, θα περιοριζόταν ανάμεσα στις ατελείωτες ρυθμίσεις της πολιτείας για τη ζωή των ανθρώπων αυτής της χώρας και στα αυστηρά ήθη που επέβαλε ο τόπος της και στα οποία η κοινωνία τους δεν θα της επέτρεπε καμία λοξοδρόμηση, απλά και μόνο επειδή ήταν η κόρη της ζωντοχήρας.

Η Θεσσαλονίκη! Ο νέος της πλέον τόπος, έτσι τον ένιωθε. Εκεί που ανάσαινε ελεύθερα, χαμένη μέσα σε χιλιάδες άλλους ανθρώπους, μα και έχοντας τη δυνατότητα να διαβάσει, να ακούσει, να μιλήσει για άλλες πραγματικότητες, να ονειρευτεί ένα αύριο που δεν θα το περιόριζε κανένας ορίζοντας γύρω της. Την αγάπη της για το Διονύση, για τον άνθρωπο εκείνο που την κράτησε ζεστά στην αγκαλιά του όταν τις κρύες ημέρες που φυσούσε ο βαρδάρης, η ψυχή της πολεμούσε να σπάσει τα δεσμά που θα την κρατούσαν για μια ζωή καρφωμένη στο νησί της. Που την απάλλαξε από το φορτίο που κουβαλούσε μέσα της, να αγαπάς τον τόπο σου, αλλά αυτός αντί να σε κάνει ελεύθερο, αντί να σου δίνει τη δύναμη να υψώνεσαι και να τον καμαρώνεις από ψηλά, σε κρατούσε κάτω, δεμένη σφιχτά, με αλυσίδες τους ίδιους τους ανθρώπους του. Για την απόφαση της να κτίσει μια νέα ζωή, με έναν άντρα που δεν θα έφευγε μακριά της, προφασιζόμενος την οικονομική στενότητα του νησιού τους. Για τη σιγουριά που ένιωθε, όταν βρισκόταν δίπλα του.

Κι εκεί σώπασε αφήνοντας τα δάκρυα να κυλήσουν στα μάγουλα της. Δάκρυα ανακούφισης, που δρόσισαν τα μάγουλα της αλλά και την καρδιά της.

Τα δάκρυα της μάνας της όμως έκαιγαν. Οι φόβοι της δεν έμεναν πια στην άκρη του μυαλού της αλλά γιγαντώνονταν μπροστά της. Έκαιγαν την ψυχή της, το μυαλό της, γκρέμιζαν τον κόσμο που μέχρι τότε είχε φτιάξει, τα όνειρα της, τις ελπίδες της ότι δίπλα στην καθηγήτρια κόρη της θα άλλαζε και η δική της στενάχωρη ζωή. Οργίστηκε, της μίλησε για το χρέος της να σταθεί δίπλα της, δίπλα στη μάνα που τη γέννησε, δίπλα στη μάνα της που τη μεγάλωσε, δίπλα στη μάνα της που θα έμενε μόνη της, πιο ξένη από ποτέ στον ίδιο της τον τόπο. Ποτέ δεν θα τη συγχωρούσε αν αυτά που σχεδίαζε τα έκανε πράξη. Της μίλησε για λάθη που κάνουν όλοι οι άνθρωποι στη ζωή τους, τα οποία τα πληρώνουν κάποτε, αρνήθηκε όμως με πείσμα, ότι η ίδια έκανε λάθος όταν δεν ακολούθησε τον άντρα της στη ξενιτιά...

Η Μαρία είχε αρχίσει να σπάει. Τα δάκρυα της μάνας της, η απελπισία στα λόγια της, οδυνηρά ανέτρεπαν μέσα της, όσα πριν από λίγο η ίδια είχε εκστομίσει. Μα το τελευταίο δεν το άντεξε. Ήξερε ότι ο πατέρας της, την ήθελε μαζί του. Έτσι γινόταν με όλες όσες παντρεύονταν τότε. Έφευγαν μαζί με τον άντρα τους. Εκείνη όμως γιατί δεν τον ακολούθησε; Γιατί τον αρνήθηκε; Γιατί καταδίκασε τους εαυτούς τους σε αυτή την αβάσταχτη μοναξιά; Γιατί ακούμπησε τη μίζερη ζωή της πάνω στη ψυχή της κόρης της; Τα δάκρυα της χάθηκαν. Το πρόσωπο της σκλήρυνε. Τα σχέδια που έκανε με τον αγαπημένο της, αποτελούσαν πια το μόνο δρόμο γι᾽ αυτήν!

23 Δεκεμβρίου 2017

Ένα πικάπ με περίμενε στη γωνία....

Αρχές της δεκαετίας του 70. Το χωριό αισθάνεται υπερήφανο. Στην πλατεία του έχει αράξει, ένα ολοκαίνουριο, αστραφτερό λεωφορείο. Συνιδιοκτήτης του, ο Μιχάλης, ένας από τους πιο αγαπητούς συγχωριανούς μας. Τις καθημερινές θα εκτελούσε τα τακτικά δρομολόγια, τις Κυριακές όμως θα μας "κατέβαζε" στη θάλασσα. Αν και το χωριό μας ήταν σε νησί, ήταν κτισμένο ψηλά στο βουνό. Καρφωμένο κάτω από τη βραχώδη κορυφογραμμή που έκρυβε το Αιγαίο, τη διαρκώς υγρή από το δροσερό μπονέντη, ξεπρόβαλε μέσα από πράσινα περιβόλια. Τη θάλασσα την αντικρίζαμε μόλις στα τρία χιλιόμετρα μπροστά μας, ο γεμάτος στροφές χωματόδρομος όμως την απομάκρυνε πολύ περισσότερο. Τα αυτοκίνητα ελάχιστα, δεν είχαμε αποκτήσει ακόμα τη συνήθεια να πηγαίνουμε θάλασσα κάθε μέρα, τότε όλα ήταν διαφορετικά. Έτσι, με κρυφή αγωνία, όλοι μας περιμέναμε την Κυριακή, την ημέρα που θα επιβιβαζόμαστε στο λεωφορείο για να πάμε στο Φοινίκι...

Επιβάτες της τελευταίας στιγμής δεν υπήρχαν. Από τα μέσα της εβδομάδας, περιφερόταν από σπίτι σε σπίτι, ο κατάλογος στον οποίο έπρεπε να εγγραφείς, για να έχεις δικαίωμα στην εκδρομή της Κυριακής. Καμιά εξηνταριά άτομα, μικροί μεγάλοι, όλοι κι όλοι... Δύο "κατηγοριών" οι εκδρομείς. Από τη μια οι μανάδες με τα παιδιά τους και από την άλλη η νεολαία του χωριού, μαζί ντόπιοι, Αθηναίοι και "Αμερικανάκια". Γι' αυτούς τους τελευταίους είχαμε κι άλλα επίθετα, όπως "φρίσμπιδες", από το γνωστό παιχνίδι που κουβαλούσαν μαζί τους ή αν ήσουν φοιτητής, τους ονόμαζες: "ο 6ος στόλος". Από τη μια τσάντες, σωσίβια, ταπεράκια με κεφτεδάκια, τηγανητές πατάτες και κολοκυθάκια και από την άλλη πετσέτα ριγμένη στον ώμο και ανεμελιά.

Στο λεωφορείο ποτέ δεν τσακώθηκε κάποιος για το που θα καθίσει. Εκτός από τις μπροστινές θέσεις. Αυτές τις 5 μπροστινές θέσεις. Αυτοί που θα κάθονταν σε αυτές είχαν το προνόμιο της διαχείρισης του μουσικού ρεπερτορίου της διαδρομής. Είχαν πρόσβαση στο πικάπ του λεωφορείου και τη θήκη με τα 45άρια. Οι επιλογές πολλές αλλά ο χρόνος της διαδρομής περιορισμένος. Δέκα, άντε δώδεκα το πολύ τραγούδια ήταν η διαδρομή ως το λιμανάκι του Φοινικιού, με τη συνήθως γεμάτη φύκια παραλία.

Πολλές φορές τρύπωνα κι εγώ κάπου εκεί, στο διάδρομο ή τα σκαλοπάτια της μπροστινής πόρτας, για να μπορώ απλά και μόνο να παρακολουθώ την όλη διαδικασία της επιλογής των τραγουδιών που θα έπαιζε το πικάπ στη σύντομη διαδρομή. Άνοιγε η πλαστική δισκοθήκη, με τις σελίδες των δίσκων, ξεφυλλιζόταν γρήγορα γρήγορα και τα επιλεγμένα σαρανταπεντάρια έβγαιναν και στοιβάζονταν δίπλα στο κατακόκκινο πικάπ. Λίγο προτού ξεκινήσει το λεωφορείο, είχε επιλεγεί το πρώτο τραγούδι και ήδη ακουγόταν από τα μικρά ηχεία της οροφής. Τα πρώτα τραγούδια επιλέγονταν εύκολα. Όλοι συμφωνούσαν με τη μία γι᾽ αυτά, είτε με ένα νεύμα είτε με επιδοκιμαστικά σχόλια. Τα δύσκολα άρχιζαν μετά το έβδομο - όγδοο δισκάκι. Τότε έπρεπε να ικανοποιηθούν και οι προσωπικές επιλογές των καθενός, που είχε έγκαιρα πιάσει μια από τις μπροστινές θέσεις. Τον τελικό λόγο όμως τον είχε σχεδόν πάντα, ο τυχερός ή η τυχερή που κρατούσε την πλαστική δισκοθήκη.

Και άρχιζε το ταξίδι. Το ένα τραγούδι διαδεχόταν το άλλο. Όλα "χειροκίνητα"... Τελείωνε το ένα τραγούδι, πίεζες το κουμπί στην πρόσοψη του πικάπ, έβγαινε ο δίσκος, τοποθετούσες τον επόμενο με προσοχή, μιας και το λεωφορείο δεν σταματούσε να αναπηδά στον ...χωματόδρομο. Αγαπημένα τραγούδια, δύο του Μάνου Χατζιδάκι, από το δίσκο Επιστροφή (1970), το: Που το πάνε το παιδί, χελιδόνι στο κλουβί...και το:Μίλησε μου, μίλησε μου... Ακόμα και σήμερα. μετά από τόσα χρόνια, πιάνω τον εαυτό μου να τα σιγομουρμουρίζει, όταν τυχαίνει να κάνω την ίδια διαδρομή, με το αυτοκίνητο όμως πια.

Μόλις έφτανε το λεωφορείο στο μικρό ψαροχώρι, άνοιγαν οι πόρτες του και σε ελάχιστα λεπτά, οι νεολαίοι του χωριού έκαναν την πρώτη τους βουτιά, από το λιμανάκι, δίπλα στις βάρκες και ξανοίγονταν στη μέση του κλειστού, απάνεμου κόλπου ενώ οι μητέρες με τα βλαστάρια τους, πλατσούριζαν στα ρηχά, με την ψιλή λασπώδη άμμο που θόλωνε τα νερά, σε αντίθεση με τις λαμπρές, καταγάλανες και διαυγέστατες παραλίες του υπόλοιπου νησιού.

Ο ήλιος μας έκαιγε, ούτε κρυβόμαστε κάτω από πολύχρωμες ομπρέλες παραλίας, ούτε γυαλιά ηλίου και καπελάκια να μας προστατεύουν και το αντηλιακό, είδος πολυτελείας, κάποιες κοπέλες μόνο το διέθεταν κι εκείνες για να κάνουν ωραίο μαύρισμα, τίποτα δεν γνώριζαν για τον όποιο δείκτη προστασίας του.

Κάποια στιγμή, όταν ο ήλιος πια κατέβαινε χαμηλά, προς τη δύση, κάποιοι ανέβαιναν προς το εκκλησάκι του Άη Νικόλα, απ' όπου αντικρίζεις τη γειτονική Κάσο τυλιγμένη στον θολό αχνό των κυμάτων, κάποιοι άλλοι έπιναν τον ελληνικό τους, μοιρασμένοι στα δύο καφενεδάκια της πλατείας και εμείς τα παιδιά βρισκόμαστε στον μικρό μόλο, έξω από την "ξετρυπητή", όπου παλιές ιστορίες μιλούσαν για τις μακρινές, χαμένες πια, ένδοξες μέρες που γνώρισε ο τόπος, τότε που φιλοξενούσε την ιταλική ακτοφυλακή.

Η διαπεραστική κόρνα του λεωφορείου, σήμαινε την ώρα της αναχώρησης. Σε ελάχιστο χρόνο, όλοι βρισκόμαστε στις θέσεις μας, οι περισσότεροι αποκαμωμένοι από την καλοκαιρινή κάψα και την αλμύρα της θάλασσας. Η παρέα του πικάπ, όμως παρέμενε ακμαία. Το κατέβασμα του χειρόφρενου και το μαρσάρισμα του γκαζιού, έδιναν το σύνθημα της αναχώρησης για το ταξίδι της επιστροφής, όλο ανηφόρα, στροφές... Τα τραγούδια που ακούγονταν, ανάκατα με το αγκομαχητό του λεωφορείου, περισσότερο σε νανούριζαν παρά σε παράσερναν να τα συνοδέψεις στη μελωδία τους.

Με το που έφτανε το λεωφορείο στο χωριό, ο Μιχάλης με τη γυναίκα του, έπρεπε να το καθαρίσουν από τη βαριά, κιτρινοκόκκινη σκόνη που το είχε σκεπάσει, από την άμμο και τα φύκια που γέμιζαν τα καθίσματα και τους διαδρόμους

41

του. Την άλλη μέρα, το πρωί έπρεπε και πάλι να αστράφτει, όταν θα ξεκινούσε τα τακτικά του δρομολόγια , προς την άλλη μεριά του νησιού.

Ως που έφτασε εκείνο το βράδυ! Καλοκαιρινό, ζεστό, οι περισσότεροι βρισκόμαστε στα σπίτια μας, μόλις είχαμε τελειώσει το βραδινό μας, όταν άρχισαν να κτυπάνε δαιμονισμένα οι καμπάνες της εκκλησίας. Ο ήχος γνώριμος. Ήταν το μήνυμα ότι κάποιο από τα δάση του νησιού είχαν πιάσει και πάλι φωτιά. Όλοι πετάχτηκαν αμέσως έξω από τα σπίτια τους. "Το λεωφορείο, το λεωφορείο"! Όλοι κατευθύνθηκαν προς το άνοιγμα του δρόμου, στην είσοδο του χωριού, κάτω από το καμπαναριό του Χριστού. Η καμπάνα είχα πια σιγήσει. Ο κόσμος βουβός, ανήμπορος παρακολουθούσε τον ιδιοκτήτη, στην απέλπιδα προσπάθεια του, με ένα κουβά νερό να σβήσει τη φωτιά που έκαιγε ολοκληρωτικά το λεωφορείο. Σε ελάχιστη ώρα, λίγα λεπτά χρειάστηκαν μόνο για να καταστραφεί το στολίδι του χωριού μας, το μέσον που μας συνέδεε με τις καλοκαιρινές μας εξορμήσεις στη θάλασσα.

Το άλλο πρωί, όλα τα παιδιά του χωριού, μαζευτήκαμε αντίκρυ στο κατεστραμμένο λεωφορείο. Ένα απίστευτο κουφάρι στην άκρη του χωριού μας, μαυρισμένο, με τη λαμαρίνα του ζεστή ακόμα, μπλεγμένη με καλώδια και λιωμένο πλαστικό και με τη βαριά μυρωδιά του καμένου καουτσούκ. Κηδεία αλλόκοτη, λίγα τα λόγια μας, αναζητούσαμε στα παιδικά μας μυαλά την αιτία του κακού. Εικασίες δίχως λογική, δίχως νόημα, τι απαντήσεις άλλωστε μπορούσαν να δώσουν τα παιδικά μας χείλη στην καταστροφή αυτή;

Σε λίγο είχα μείνει μόνος με ένα συμμαθητή μου. Μια μόνο ματιά που ανταλλάξαμε μεταξύ μας και την επόμενη στιγμή ήμαστε σκαρφαλωμένοι από τη μπροστινή μεριά του λεωφορείου, πατώντας στον προφυλακτήρα και μόλις φτάσαμε στο ύψος του πικάπ, το πιάσαμε με τα χέρια και τραβώντας το με δύναμη το τραβήξαμε έξω. Καμένο, μόνο τα μεταλλικά του κομμάτια είχαν μείνει με ίχνη από κάποιον δίσκο που είχε λιώσει. Το πήρα στο σπίτι, προσπάθησα να το καθαρίσω, να του αλλάξω κάποια καλώδια να το κάνω να ξαναλειτουργήσει. Πολύ γρήγορα η αρχική μου αισιοδοξία υποχώρησε μπροστά στην πραγματικότητα. Το πικάπ του λεωφορείου δεν θα μας συνόδευε ποτέ ξανά στις καλοκαιρινές, Κυριακάτικες εκδρομές μας στη θάλασσα.

15 Μαΐου 2015

Έτσι τ' αποφάσισε ο Θεός!

Κάθε φορά που βλέπω το κλειστό εδώ και χρόνια σχολείο του χωριού, στο μυαλό μου έρχεται η αίθουσα φυσικής ιστορίας, την οποία είχε φτιάξει ο δάσκαλός μας. Πολλά τα εκθέματα της, μα αυτό που θυμάμαι ολοκάθαρα είναι οι προθήκες με τα βαλσαμωμένα ζώα της περιοχής μας, όπως εκείνο το γεράκι, με την κοφτερή ματιά του, που το μέγεθός του, τα χρώματα του και μια αδιόρατη κίνηση στο κεφάλι του, μου έδιναν την εντύπωση ότι κάποια μέρα θα έβρισκε την έξοδο και θα γλίτωνε από αυτήν την ιδιόμορφη αιχμαλωσία.

Ή εκείνο πάλι το ζουρί, που ένα βράδυ μπήκε στο κοτέτσι του Νικολή και του "έπνιξε" σχεδόν όλες τις κότες, αλλά βγαίνοντας, χορτασμένο πια, δεν πρόσεξε το δόκανο που είχε στηθεί εκεί αποβραδίς... Το πρωί, η στριγκλιά φωνή της Μαριγώς ξεσήκωσε το Νικολή της, ο οποίος αφού εκτίμησε την κατάσταση, απελευθέρωσε το άψυχο πια ζώο. Το πίσω πόδι του ήταν σπασμένο, αλλά ο δάσκαλος μπόρεσε να το στήσει και πάλι στα τέσσερα, με το μπροστινό δεξί του πόδι ελαφρά ανασηκωμένο και το κεφάλι σε μια στάση αναμονής κάποιου αόρατου θηράματος.

Είχε ενδιαφέρον να ακούς από τους μεγαλύτερους, που ήξεραν, τον τρόπο που το κάθε ζώο είχε φτάσει στα χέρια του δασκάλου. Για τον συκοφά, με την έντονη κίτρινη πινελιά στο κάτω μέρος του σώματος του, τον οποίο είχε παγιδεύσει ο Μηνάς της Ζαχαρούλας κάτω από μια μεγάλη πλάκα. Ο καημένος λιμπίστηκε τα κόκκινα σπόρια της δρακοντιάς, αλλά μόλις το ράμφος του ακούμπησε ένα από αυτά, διαλύθηκε η πολύπλοκη σειρά από ξυλαράκια που κρατούσαν την πλάκα όρθια, κάνοντας την να πέσει πάνω του, με όλο της το βάρος.

Για το κοράκι που το κτύπησε στην άκρη του φτερού κάποιος απογοητευμένος κυνηγός και έπεσε πληγωμένο στην άκρη ενός ελαιώνα. Για αρκετή ώρα έτρεχε κατά μήκος του πετρόχτιστου φράχτη, κάπου κάπου σταματούσε, έκανε μερικά πιο αποφασιστικά βήματα και με ένα πήδημα δοκίμαζε να βρεθεί και πάλι στον ουρανό, αλλά ο πόνος γρήγορα το κατέβαλε. Στο τέλος, αποκαμωμένο από την προσπάθεια, κούρνιασε μέσα σ' ένα σκίνο. Μέχρι να το παραδώσουν στο δάσκαλο, είχε ξεψυχήσει.

Μα αυτό που εντυπωσίαζε περισσότερο είναι εκείνο το μοσχαράκι που γεννήθηκε με δυο κεφάλια. Σπάνια επιζούν αυτά. Και είχε την πιο θλιβερή ιστορία απ' όλες όσες συνόδευαν τα εκθέματα αυτού του εκθετηρίου.

Την ώρα της γέννησης του, αφού είχε βγει ολόκληρο πια, απ' τη κοιλιά της μάνας του, τότε μόνο αντιλήφθηκε ο καημένος ο Γιώργης, την τερατογένεση. Έκανε δυο βήματα πίσω, στην αρχή σκέφτηκε να το σφάξει εκεί, μπροστά στη μάνα του... μα εκείνο παραπατούσε, δεν κατάφερε να σταθεί στα πόδια του, η αναπνοή του βάρυνε και μετά από λίγο, ξεψύχησε. Ο Γιώργης το θεώρησε κακό οιωνό. Τους επόμενους μήνες έσφαξε τις δύο αγελάδες και το άλλο μοσχαράκι που είχε. Το μοσχαράκι το έφαγαν οι καλεσμένοι του γάμου που έκανε ο Κωστής του Πολυχρόνη για την πρωτοκόρη του ενώ το υπόλοιπο κρέας το πούλησε σε όλο το νησί, κρύβοντας επιμελώς το "νοσηρό" γεγονός της τερατογένεσης.

Το δικέφαλο "τέρας" το ανέλαβε ο δάσκαλος. Κι έβαλε όλη τη μαεστρία του και το έστησε και πάλι στα πόδια του. Και ήταν εκείνο το έκθεμα που τοποθετήθηκε στην κεντρική προθήκη της αίθουσας, εκείνο που ξεχώριζαν μεμιάς οι λιγοστοί επισκέπτες του. Κανένας όμως δεν έλεγε την ιστορία του, κάποιος το έφερε, κάπου γεννήθηκε, κάποιου ήταν... λες και στη λιγοστή έκταση του νησιού τους, μπορούσαν να κρυφτούν τέτοια μυστικά:

" ...που λέτε, ο Γιώργης, εξηντάρης πια, ζούσε μόνος του. Η γυναίκα του είχε πεθάνει εδώ και πολλά χρόνια. Η κόρη του, η Μαρία, παντρεμένη στην Αφρική, με έναν πλούσιο συγχωριανό της, ερχόταν στο νησί σχεδόν κάθε καλοκαίρι με τα παιδιά της. Στην άκρη του χωριού, κοντά στο στενό, χαλικόστρωτο δρομάκι που οδηγούσε στο περίφημο μετόχι του χωριού με τα καλύτερα αμπέλια του νησιού, ήταν το σπίτι του. Από εκεί αγνάντευε το χωριό κάθε απόγευμα όταν μαζευόταν στο σπίτι από τις δουλειές που έκανε στα χωράφια. Μια να κλαδέψει, μια να ξεχορταριάσει, μια να κτίσει την χαλασμά στο λιόφυτο, η δουλειά ποτέ δεν έλειπε. Το μόνο ζωντανό που του απέμεινε ήταν η Λένη, μια γαϊδούρα Κυπραία, ψηλή, ατίθαση στα νιάτα της, αλλά τώρα πια υποταγμένη στα χρόνια της. Σε αυτήν ανέβαινε κάθε πρωί, για να πάει στα κτήματα του.

Τα ζώα του, αυτά που μέχρι πριν λίγο καιρό τα φρόντιζε με αγάπη, τα είχε ξεφορτωθεί. Του ήταν αδύνατο να τα κρατήσει άλλο, όσο τα έβλεπε σκιαζόταν, ήταν σίγουρος, κάτι κακό του κρατούσε ο Θεός για το μέλλον. Η πώληση τους τον ανακούφισε. Όσο για το τέρας, ο ίδιος ο δάσκαλος τον παρακάλεσε να του το δώσει για το εκθετήριο του σχολείου. Αργότερα έμαθε ότι στεκόταν όρθιο, σαν ζωντανό, στο κέντρο της αίθουσας, αλλά αρνήθηκε να πάει να το δει.

Ήλθε το φθινόπωρο, πέρασε όπως και ο χειμώνας, ο πιο δύσκολος μέχρι τότε για το Γιώργη. Ένιωθε πια το βάρος των χρόνων του. Η καταπόνηση από τη σκληρή καθημερινή βιοπάλη, εμφάνισε τα δίχως επιστροφή σημάδια της. Το Πάσχα, ένα βαρύ κρυολόγημα τον έριξε στο κρεβάτι. Ευτυχώς και οι γειτόνισσες, που στάθηκαν κοντά του και εκείνος ο αγροτικός γιατρός, που περνούσε από το σπίτι του, μέρα παρά μέρα, μέχρι να γίνει καλά. Εκείνες τις ημέρες έλαβε το γράμμα από την κόρη του. Τον πληροφορούσε ότι θα ερχόταν νωρίς φέτος, μιας και θα πάντρευε τον εγγονό του, αυτόν που είχε το όνομα του, με την Ελενίτσα του γραμματέα.

Η χαρμόσυνη είδηση ήταν αρκετή για να πάρει δυνάμεις και να σηκωθεί από το κρεβάτι πιο γρήγορα. Αμέσως μόλις οι τουφεκιές από την αυλή του σπιτιού της Ελενίτσας διαλάλησαν στο χωριό τον αρραβώνα, επισκέφτηκε το σπίτι του Μιχάλη, του συμπεθέρου του πια. Εκεί έμαθε και τις λεπτομέρειες. Ο Γιώργης, ο εγγονός του, γνώρισε την Ελενίτσα στο τελευταίο του ταξίδι στο χωριό, πριν από δύο χρόνια, την ερωτεύτηκε, αλληλογραφούσαν όλο αυτό το διάστημα, η Ελενίτσα εντυπωσιάστηκε από την ομορφιά του νέου, σίγουρα και από ενδιαφέρον που της έδειχνε σε όλο το διάστημα της παραμονής του στο χωριό, γνωρίστηκαν καλύτερα στα δύο καλοκαιρινά πανηγύρια του χωριού αλλά και στη θάλασσα, που βρέθηκαν κάμποσες φορές. Ο χρόνος του χωρισμού δυνάμωσε την αγάπη τους, μέχρι που κανόνισαν τον αρραβώνα... από το τηλέφωνο! Έτσι του είπαν. Κανόνισαν τις δουλειές που έπρεπε να γίνουν, ο Γιώργης έλαμπε από τη χαρά του! Βρήκε ανθρώπους να καθαρίσουν το σπίτι της κόρης του από τη δίχρονη εγκατάλειψη, μίλησε με τον παπά για να κλείσει την πρώτη Κυριακή μετά τον Δεκαπενταύγουστο, συνεννοήθηκε με τον πρόεδρο για την αίθουσα εκδηλώσεων του χωριού, συνεννοήθηκε με τους μαγείρους, καπάρωσε το μεγαλύτερο μοσχάρι της περιοχής για το φαγητό του γάμου.

Η κόρη του, μαζί με τον άντρα της, το Γιώργη και τα άλλα δυο παιδιά της, το Νικόλα και τη μικρότερη την Καλλιόπη, στα μέσα του Ιούνη, έφτασαν στο χωριό, πιο νωρίς απ᾽ ότι συνήθως. Το ίδιο βράδυ κιόλας, επισκέφτηκαν το σπίτι της Ελενίτσας, με ένα σωρό δώρα, αγγλικές σοκολάτες, αμερικάνικα μοσχοσάπουνα, πολύχρωμα υφάσματα για να ράψει όσα φορέματα ήθελε η νύφη τους, βαριά χάλκινα διακοσμητικά κάδρα με ανάγλυφα άγρια ζώα της Αφρικής και δύο λεπτοσκαλισμένα ελεφαντόδοντα, που θα στόλιζαν από δω και πέρα το σπίτι της. Η Μαρία, έλαμπε από χαρά, πρώτη φίλησε τη Ελενίτσα, μετά την άφησε στα χέρια του Γιώργη της και στη συνέχεια ασπάστηκε σταυρωτά τους συμπεθέρους. Προτού καθίσουν, η μητέρα της Ελενίτσας, είχε προλάβει να τους κρεμάσει στο ώμο, το δικό τους δώρο, από ένα μεταξωτό μαντήλι με μια χρυσή λίρα. Και σε λίγο το τραπέζι γέμισε με κάθε είδους μεζέδες και τα ποτήρια με το κόκκινο κρασί τσουγκρίστηκαν, ευχόμενοι την ευτυχία του ζευγαριού. Εκεί να' σου και τα όργανα, τα οποία αμέσως πήραν τη θέση τους, κι άρχισαν τις μαντινάδες καλωσορίσματος και ευχών για τους μελλόνυμφους.

....

Κι έφτασε η μέρα της χαράς. Από νωρίς το πρωί το χωριό ολόκληρο βρισκόταν σε συναγερμό. Η κουζίνα στην αίθουσα εκδηλώσεων είχε γεμίσει με κόσμο. Τα επιδέξια χέρια των μαγείρων, τεμάχιζαν το φρεσκοσφαγμένο μοσχάρι σε μερίδες, τα τεράστια, φρεσκοπλυμένα καζάνια στη σειρά στέγνωναν στον ήλιο, συνέχεια αυτοκίνητα ξεφόρτωναν, μια το κρασί, μια τα κηπευτικά για τη σαλάτα, μια το ψωμί, το ρύζι, τις σάλτσες και τις πατάτες. Μετά την πρωινή λειτουργία, ένα συνεργείο γυναικών, μπήκε στην εκκλησία να τη συγυρίσει, όλα έπρεπε να αστράφτουν την ώρα της τελετής. Στην αυλή των σπιτιών των συμπεθέρων, είχαν στηθεί οι παντιέρες, έθιμο παλιό από την Τουρκοκρατία ή το Βυζάντιο ακόμα, ποιος ξέρει. Η νύφη, στο δικό της σπίτι, αυτό που θα δεχόταν το νέο ζευγάρι, την πρώτη νύχτα του γάμου τους, είχε φροντίσει να βγάλει σε δημόσια θέα όλη της την προίκα. Υφαντά όλων των ειδών, που τα έφτιαξε η ίδια, αμερικάνικα γυαλιστερά σεντόνια, πολύχρωμες κουβέρτες ως και τα εσώρουχα της. Σε περίοπτη θέση το καλό το κινέζικο σερβίτσιο του καφέ, δίπλα το σερβίτσιο του φαγητού από το Λονδίνο, παραδίπλα ο δίσκος με τα κουφέτα και το ρύζι. Στη σειρά μέσα σε πανέρια, τα μαντίλια που θα κρέμαγαν στο στήθος των καλεσμένων, οι ποδιές και τα κεράσματα. Κρασί, ούζο, σισαμόμελες, ξεροτίγανα, ψιλοκούλουρα, φυστίκια και καραμέλες ροδίτικες. Κι αυτή, καθισμένη στο νυφοκρέβατο δεχόταν τις περιποιήσεις και τα σιγοψιθυριστά πειράγματα, απ' τις φίλες και ξαδέλφες της.

Και στο σπίτι του γαμπρού, όλα έτοιμα. Ο Γιώργης φρεσκοξυρισμένος, αντάλλασσε φιλοφρονήσεις με τους φίλους του, υποδεχόταν με χαρά τους συγγενείς του, που έφταναν με τα δικά τους δώρα. Χειροποίητα γλυκά, που στοιβάζονταν σε έναν δίσκο, σχηματίζοντας έναν λαχταριστό κώνο, έτοιμο να φαγωθεί κομμάτι κομμάτι. Δύο λικέρ, πάνω σε ένα κουτί λουκούμια. Ένα ή δύο πεντάρια κονιάκ. Κι όλα αμπαλαρισμένα με πολύχρωμα σελοφάν και στριφογυριστές κορδέλες.

Το μεσημέρι έφτασαν στα σπίτια τους και τα όργανα. Οι παινευτικές μαντινάδες για τους δύο νέους, για τους γονείς

48

τους, για τους παππούδες τους, ακόμα και γι' αυτούς που παρακολουθούσαν το ευτυχές συμβάν από τον ουρανό, γέμιζαν τις τσέπες τους με εκατοστάρικα και δολάρια. Οι καλεσμένοι δέχονταν τα πρώτα κεράσματα, εύχονταν και αντεύχονταν σε καθένα αυτό που ποθούσε, και τα κεφάλια ευθυμούσαν κάτω από τον εορταστικό Αυγουστιάτικο ήλιο.

Την καθορισμένη ώρα, σχηματίστηκαν οι δύο οικογενειακές πομπές προς την εκκλησία. Ένα δάκρυ είχε προλάβει να κυλήσει από τα μάτια της μητέρας της νύφης, ήξερε ότι τα γράμματα από τη ξενιτιά θα ήταν αυτά πια, που θα τη συνέδεαν με την Ελενίτσα της. Η μητέρα του γαμπρού πάλι, η κόρη του Γιώργη που καθόταν παραπίσω, αγωνιούσε για τους καλεσμένους της... αν σε όλους κρεμάστηκε το σωστό μαντήλι, αν οι στενοί συγγενείς δέχτηκαν τις αρμόζουσες περιποιήσεις, αν οι ποδιές δόθηκαν σωστά, αν όλα γίνονταν όπως τα είχε σχεδιάσει.

Μπροστά πήγαιναν οι πιτσιρικάδες της γειτονιάς, που περήφανοι κρατούσαν ψηλά τις παντιέρες, πίσω τα όργανα και οι τραγουδιστάδες, οι μελλόνυμφοι υποβασταζόμενοι από τους κουμπάρους και τους περήφανους πατεράδες τους, οι συγγενείς τους, οι φίλοι τους, όλο το χωριό.

Ο γαμπρός και η νύφη στήθηκαν στην εκκλησία, το μυστήριο τελέστηκε, στο χορό του Ησαΐα τα κτυπήματα στη πλάτη του γαμπρού από τους φίλους του έδιναν το σήμα ότι ο γαμπρός μπορούσε να αντέξει τα βάσανα του έγγαμου βίου, το ρύζι και τα κουφέτα γέμισαν τα μαλλιά τους, πέρασαν οι συγγενείς να τους ευχηθούν, να κρεμάσει καθένας το δικό του δώρο, χρυσές λίρες, κάποιοι και χαρτονομίσματα, μα η κολαΐνα[1] της νύφης τα επισκίαζε όλα. Πέρασαν και οι υπόλοιποι καλεσμένοι και το πανέρι γέμισε κι αυτό χαρτονομίσματα.

Το γλέντι που ακολούθησε αντάξιο των δύο οικογενειών. Όλα ήταν πλούσια, το κρασί άφθονο, το κέφι στα ύψη και ο χορός κράτησε ως τα ξημερώματα. Το τελετουργικό συγκεκριμένο κι απαραβίαστο, στη αρχή ξεκίνησαν με έναν αργό χορό στον οποίο δέθηκαν κυρίως οι συγγενείς των νεόνυμφων, για ζεσταθούν τα πόδια. Στη συνέχεια όταν τα όργανα, έδωσαν το σήμα, αλλάζοντας το ρυθμό με έναν πιο γρήγορο, ο γαμπρός πήρε τη θέση του στον κάβο[2] για να χορέψει τη γυναίκα του, τις ξαδέλφες του, τη μητέρα του και τις θείες του.

Μετά από μια βδομάδα, ο Γιώργης και οι συμπέθεροι του, αποχαιρετούσαν τους νεόνυμφους. Μαζί έφευγαν και η κόρη του με την οικογένεια της. Η μητέρα της Ελενίτσας, δεν μπορούσε να κρατήσει τα δάκρυα της, η μοναχοκόρη της έφευγε κι αυτή έμενε μόνη της. Η Μαρία, έπιασε το χέρι του πατέρα της, τον τράβηξε κοντά της και τον ασπάστηκε. Τα μάτια της είχαν βουρκώσει, με υπερηφάνεια όμως τα καθάρισε αμέσως με ένα μαντήλι, που μ' ένα νεύμα της, ζήτησε απ' τον άντρα της. Δεν ευχήθηκε για καλή αντάμωση , όπως συνήθως έκανε.

Κι έφτασε ο Σεπτέμβρης, εκείνος ο πάντα πικρός Σεπτέμβρης, που τα χωριά αδειάζουν από τους απανταχού ξενιτεμένους και μένουν πίσω οι ντόπιοι, παραδομένοι ξανά στην ευλαβική τήρηση του εποχιακού ημερολογίου. Ο Γιώργης, ικανοποιημένος που είδε γαμπρό τον εγγονό του, που είδε και χάρηκε τα εγγόνια του, που τον περιποιήθηκε η κόρη του, που ο γαμπρός του παινεύτηκε για μια ακόμα φορά για της επιχειρηματικές του επιτυχίες. Χαρούμενος ακόμα για τους συμπέθερους του, που του φέρονταν με τον καλύτερο τρόπο, που τον καλούσαν στο σπίτι τους για να πιουν ένα κρασάκι και να μιλήσουν για τα παιδιά.

Έτσι έγινε κι εκείνη την Κυριακή, μετά τα Χριστούγεννα, που ο χειμώνας τους είχε κλείσει, όλους στα σπίτια τους. Εκεί που το τραπέζι στρώθηκε και το πρώτο τσούγκρισμα αντήχησε στο τραπέζι, ευχόμενοι εις υγείαν, ο συμπέθερος κόμπιασε, κατέβασε το ποτήρι χωρίς να πιει καθόλου.

-Γιώργη, έχω ένα δυσάρεστο να σου πω...

Ο Γιώργης τον κοιτά στα μάτια, περιμένοντας τη συνέχεια.

-Στο τελευταίο γράμμα της κόρης μου, μου ανέφερε για τη συμπεθέρα, τη Μαρία σου, ότι δεν είναι καλά.... Φαίνεται ότι την κτύπησε η κακιά η αρρώστια... Το ήξερε από πέρσι, πριν από το γάμο... Δική της επιθυμία ήταν, να προλάβει να δει το Γιώργη της παντρεμένο πριν η αρρώστια την καταβάλει τελείως. Τώρα όμως δεν είναι καλά! Καθόλου καλά... Κρίμα! Κρίμα...

Ο Γιώργης δεν είπε τίποτα. Δεν ρώτησε τίποτα παραπέρα. Με δυσκολία δοκίμασε λίγες μπουκιές από το πιάτο του. Αποχαιρέτησε, με φωνή ξένη από τον καημό που σιγά σιγά πλημμύριζε την ψυχή του. Κατέβηκε, σιγά σιγά τα πέτρινα σκαλοπάτια ως τον κεντρικό δρόμο. Στο μυαλό του ήλθαν οι χαρούμενες εικόνες του γάμου, οι ευχές του κόσμου, η αγωνία της κόρης του για να γίνουν όλα στην εντέλεια, η ιδιαίτερη προστατευτικότητα του άντρα της... ασυνήθιστη μέχρι τότε. Το μυαλό του πήγε πιο πίσω όταν έλαβε το γράμμα με την χαρμόσυνη είδηση των αρραβώνων του εγγονού του, είδηση ικανή να τον αναστήσει από τη βαριά αρρώστια που τον βρήκε. Εκεί τον βρήκε και η εικόνα του μοσχαριού, που γεννήθηκε με τα δυο κεφάλια. Ένα δεξί κι ένα αριστερό. Απ' τη μια η ευτυχία κι απ' την άλλη η δυστυχία. Έτσι τ' αποφάσισε ο Θεός!.... Και τα δύο για τον ίδιο. Όχι, όχι γι αυτόν! Την κόρη του σκέφτηκε. Που στα πρώτα της νιάτα έχασε τη δική της μάνα. Πρόλαβε όμως να δει τον αγαπημένο της πρωτογιό γαμπρό, πρόλαβε τις χαρές του. Και τώρα; Απ' τα λόγια του συμπεθέρου του κατάλαβε ότι δεν υπήρχε πια καμιά ελπίδα. Η Μαρία του.... Αναθεμάτισε τη μοίρα τους! Το μυαλό του γύρισε πίσω στη γυναίκα του, τις χαρές που έκαναν όταν γέννησε την κόρη τους, στην ομορφιά της, στο πόσο περήφανος ήταν όταν χόρευε μαζί της στο πανηγύρι του χωριού κάθε καλοκαίρι, τον απρόσμενο θάνατο της. Και τώρα η Μαρία του!

Αρχές του καλοκαιριού, οι καμπάνες του χωριού, ήχησαν πένθιμα. Η είδηση του θανάτου της Μαρίας, έφτασε με ένα τηλεφώνημα στο καφενείο του χωριού. Όλο το μικρό χωριό αισθάνθηκε την απώλεια της αγαπημένης τους Μαρίας. Ήταν έλεγαν μια κυρία, για όλους είχε μια καλή κουβέντα, ποτέ της δεν άλλαξε συμπεριφορά απέναντι τους παρά τα πλούτη στα οποία ζούσε.

Τον Γιώργη δεν τον ένοιαζαν αυτά. Συμφιλιωμένος θαρρείς πια με τον θάνατο, το άλλο πρωί, ανέβηκε στην Κυπραία του και τράβηξε να συνεχίσει τη δουλειά του στα ξωχώραφα. Εκεί, μέσα στις κληματσίδες του αμπελιού του, στον άγουρο ακόμα καρπό των ελιών του, στο βουητό των πεύκων, μπορούσε να ελαφρώσει την ψυχή του. Να κλάψει με εκείνα τα λίγα δάκρυα που του είχαν μείνει πια, για τις απώλειες των αγαπημένων του κοριτσιών, να αναθαρρήσει για λίγο όταν τις θυμόταν γεμάτες ζωντάνια, να βουρκώνει και πάλι όταν αισθανόταν την ατέλειωτη μοναξιά του... με αυτήν δεν μπορούσε να συμφιλιωθεί."

(1):χρυσοΰφαντο ύφασμα που πάνω του είχε ραμμένα χρυσά νομίσματα. Βενέτικα φλουριά και κωνσταντινάτα, λίρες και άλλα νομίσματα.

(2):αυτός, που σέρνει το χορό και σταδιακά χορεύει τις ντάμες του.

17 Οκτωβρίου 2017

Ένα καλοκαίρι Kitsch

Το παρακάτω κείμενο μου δημοσιεύτηκε στο περιοδικό ΑΝΤΙ τεύχος 294, 1985.

Άλλα χρόνια, διαφορετική η ματιά από το σήμερα:

Μέσα σε μια χώρα, που στο κάθε της βήμα το kitsch κυριαρχεί, ανακάλυψα και το καλοκαίρι kitsch. (Αλήθεια, τώρα αναθεματίζω το ΑΝΤΙ, πολλά γεγονότα, ίσως όλη μας η ζωή να 'ναι ένα kitsch.)

Kitsch καλοκαίρι με:

Πάρτι δυτικού τύπου που καταλήγουν σε Γλυκερία ή παραδοσιακά πανηγύρια με κατάληξη τα "παπάκια". Γιορτή του εξοχικού αγίου, λειτουργία, άρτος, ύψωση της εικόνας, φαγητό, ασπασμός της εικόνας, το άσπρο παντελόνι που λερώθηκε από το κρασί. Το τοπικό καλοκαιρινό τουρνουά ποδοσφαίρου με τις τουαλέτες των αδιάφορων "δεσποινίδων" και την απορία: "γιατί δεν την πιάνει με τα χέρια;". Η βόλτα στην ξαφνικά ζωντανή κωμόπολη μας, ο φραπέ στην καφετέρια, απ᾽ εδώ τα αγόρια απ᾽ εκεί τα κορίτσια. Η θέληση για διασκέδαση και η στυφή αυριανή γεύση απογοήτευσης.

Η κάθε παραλία, η κασέτα των Doors στο μαγνητόφωνο, το αμερικανάκι που πετάει το φρίσμπι και το καμάκι που παίζει ρακέτες. Γύρω χιλιάδες άνθρωποι γελούν, τρέχουν, αγχώνονται, σκέπτονται κι εγώ με το "γουόκμαν" μόνος μου, τους διώχνω. Δεν κάθομαι και στον ήλιο. Η παλιά συμμαθητική παρέα με τις χίλιες αναμνήσεις και το συνεχές ξεμάκρεμα. Η νέα φοιτητριούλα, που διηγείται τις τόσες καινούριες εμπειρίες της, για ώρες κι ας είναι ακόμα στην αρχή. Η αθλητική τσάντα που ανοίγει και βγάζεις έξω αντηλιακό, ρακέτες, μπαλάκι, πετσέτα, γυαλιά ηλίου, τσιγάρα, φωτιά, γουόκμαν, εφημερίδα, τις κασέτες του Lennon και του Νταλάρα, το βιβλίο του Μάρκες: "Η Αθώα Ερέντιρα", χτένα. Τα γυαλιά που εστιάζουν στο κορίτσι απέναντι, που φοβάται να βρέξει τα μαλλιά του στη θάλασσα. Το μπουκάλι της Coca Cola, που τα παιδάκι, το γεμίζει θάλασσα και πάλι από την αρχή, αφού το αδειάσει. Το άγχος των εξετάσεων του Σεπτέμβρη. Το μαύρισμα με αντηλιακό ή όχι. Τα άγνωστα πρόσωπα που θα μάθουμε ποια είναι. Ο κρυφός πόθος για το "παιδί" που δεν χορταίνει τη θάλασσα. Ο απόηχος των πρόσφατων εκλογών και η ένταση της φωνής. Οι παρέες που κατευθύνονται για δροσιστικό και τσιγάρο. Στο βάθος το λιμάνι, που το βράδυ μας διώχνει με την απαίσια μυρουδιά του.

Στο πάρτι του κολλητού, προς τιμήν της αγαπημένης του. Από νωρίς ετοιμασίες, τα ποτά, η μουσική, τα φωτορρυθμικά, προβλέψεις για το ποιες "γκόμενες" θα 'ρθουν. Νωρίς το βράδυ, αγωνία για την επιτυχία. Στις 10 φίσκα από τον κόσμο. Ο D.j. ιδρώνει να βρει τραγούδι κατάλληλο για αν συγκινήσει το κορίτσι, που έχει βάλει στο μάτι, ενώ δεκάδες ψωνισμένοι του ζητάνε από "μπλουζ" ως την κασέτα Νο 2 της ντισκοτέκ "Στρόμπολι" του Ηρακλείου. Τελικά καταλήγει στο Relax. Τα κορίτσια του χωριού στην άκρη μαζεμένα, ψιλή κουβέντα και ερωτηματικά για το αν θα τις φλερτάρει κανείς. Τ' αγόρια σνομπάρουν. Οι Αμερικανίδες ευδιάθετες, χωρίς αναστολές, προτιμούνται. Στις 12 θα μείνουν αυτές που δεν το παίζουν νύφες. Κάπου όμως βρίσκω τον εαυτό μου ανικανοποίητο κι από αυτό το βράδυ, που το περίμενα τόσες μέρες. Στο τέλος πιάνω το πικάπ και τις κασέτες μου. Κλείνουν τα φώτα. Φεύγω!

Συνέχισε το δρόμο του!

Σκότωνε την ώρα του, περπατώντας αργά, παρά τις προσπάθειες των γύρω του, να τον συμπαρασύρουν στο ρυθμό τους. Την περισσότερη ώρα παρατηρούσε το απέναντι πεζοδρόμιο. Τον κόσμο φορτωμένο τσάντες, τις ρεκλάμες των καταστημάτων. Τον αποσπούσε μόνο το πέρασμα των λεωφορείων, φορτωμένα κόσμο κι αυτά, που περιόριζαν το οπτικό του πεδίο. Περπατούσε σαν να ήταν μόνος, σαν να μην υπήρχε γύρω του όλος αυτός ο κόσμος, ο οποίος για κάποιο λόγο έτρεχε. Ίσως το τσουχτερό κρύο του βαρδάρη να τάχυνε το βήμα τους. Ίσως πάλι έφταιγε η βιασύνη τους, να προλάβουν και την επόμενη εκπτωτική ευκαιρία, στο παραδίπλα κατάστημα.

Από μακριά την είδε, να παρασύρεται κι αυτή μαζί με τους υπόλοιπους, φορώντας ένα βαρύ πανωφόρι, μα το πρόσωπό της δεν το είχε ξεχάσει. Πως ήταν δυνατό άλλωστε.... Όσο κι αν ο χρόνος είχε αφήσει τα σημάδια του πάνω της, αυτός τη γνώρισε. Είχαν συναντηθεί, μια και μοναδική φορά, πριν από αρκετά χρόνια, εκεί στο νησί της καταγωγής του, τότε που ακόμα ζούσαν το παρόν και ονειρεύονταν το μέλλον...

....

....

Τα τεράστια ηχεία που είχαν στηθεί, φρόντιζαν ώστε η μουσική να ακούγεται σε όλη τη μικρή, παραθαλάσσια πόλη. Τα φωτορυθμικά αλλοίωναν τις μορφές, τα ποτά διέλυαν τις όποιες αναστολές. Ο χώρος που είχε οριστεί ως πίστα, πλήρης με κορμιά που συναγωνίζονταν στις κινήσεις που επέβαλαν οι Disco ρυθμοί. Τριγύρω οι υπόλοιποι, άλλοι μόνοι, άλλοι σε μικρές ομάδες, απλώς "κοίταζαν", εξάλλου ήταν αδύνατον η φωνή τους να ξεπεράσει την ένταση της μουσικής. Τα νεύματα, οι κινήσεις των χεριών ή και του σώματος ήταν ο μόνος τρόπος για να συνεννοηθείς, εκτός κι αν έβγαινες στο μακρόστενο μπαλκόνι, που βρισκόταν μπροστά στην αίθουσα που γινόταν το "πάρτι", ακριβώς πάνω από τα παράξενα, φωτισμένα θαλασσόβραχα. Εκεί μπορούσες να μιλήσεις, να φλερτάρεις...

Αυτή καθόταν εκεί, σε μια γωνία, με ένα ποτήρι στο χέρι, με το βλέμμα σταματημένο κάπου μακριά, προς την απέναντι σκοτεινή ακτή.

Πλησίασε.

- Γεια σου, μόνη;

Αυτή, γύρισε το κεφάλι της, για ελάχιστα έλεγξε το πρόσωπο του. Του έγνεψε να καθίσει.

Για λίγο κάθισαν αμίλητοι.

- Μου φέρνεις ένα ποτό;

Σηκώθηκε, μπήκε ξανά στην αίθουσα, κατευθύνθηκε προς το αυτοσχέδιο μπαρ, μα τα ποτά είχαν τελειώσει.

- Δεν είναι η τυχερή βραδιά σου. Δεν έμεινε τίποτα!

Βιαστικά μάζεψε τη τσάντα της, σηκώθηκε, κάνει δυο βήματα, σταματάει , γυρίζει και τον ρωτάει:

- Πάμε;

Την ακολούθησε. Πέρασαν μέσα από την αίθουσα την ώρα που ακουγόταν η τελευταία επιτυχία του Mickel Jacson μαζί με ξαναμμένα, ιδρωμένα κορμιά στην πίστα, ανέβηκαν τα σκαλοπάτια προς την έξοδο και βγήκαν στο δρόμο. Περπατούσαν ο ένας δίπλα στον άλλο αμίλητοι, ως που πέρασαν και τα τελευταία καταστήματα της μικρής πόλης. Πρώτη συστήθηκε η Αντιγόνη. Βρέθηκε στο νησί, φιλοξενούμενη μιας φίλης της. Την ημέρα απολάμβανε την χαλαρή βόλτα στα παραλιακά καφέ, τις ατελείωτες πολιτικές συζητήσεις, που γίνονταν απλά και μόνο για να γίνονται, τις αληθινά καταπληκτικές παραλίες, την αλμύρα και τον ήλιο που χάιδευε το σώμα της, τα βλέμματα των αντρών. Μόλις όμως ο ήλιος έδυε πίσω από την "κοιμωμένη", την κορυφογραμμή που χώριζε το νησί από το Αιγαίο, σιγά σιγά την κυρίευε η μελαγχολία, η θύμηση της πόλης της, της Θεσσαλονίκης. Η βραδινή βόλτα στη λεωφόρο Νίκης, η στάση στον Λευκό Πύργο, ο ήλιος που έδυε πίσω από τους γερανούς του λιμανιού, το άρωμα της πόλης της. Έτσι κι

56

απόψε, αν και το πάρτι που γινόταν, ήταν το σημαντικότερο καλοκαιρινό γεγονός, για τη νεολαία του νησιού, αυτής της ήταν τελείως αδιάφορο.

Εκείνος πάλι, ο Βαγγέλης, μόλις είχε τελειώσει το στρατιωτικό του και βρισκόταν στο νησί για να απολαύσει, ένα ακόμα καλοκαίρι. Γνώριζε, ότι πιθανόν θα ήταν το τελευταίο, ανέμελο καλοκαίρι του, το οποίο θα το περνούσε ανάμεσα στις παραλίες του νησιού, τις βραδινές εξόδους στα δυο τρία μπαρ της πόλης, στα πανηγύρια του νησιού, παρέα με τους παιδικούς του φίλους και με καινούριες γνωριμίες, από το πλήθος των θηλυκών απογόνων των νησιωτών, που είχαν διασκορπιστεί σε όλον τον κόσμο και επισκέπτονταν το νησί με προτροπή των γονιών τους, για να μην ξεχάσουν τις ρίζες τους και αν ήταν το τυχερό τους... να γνωρίσουν και να παντρευτούν κάποιον από τον τόπο καταγωγής τους. Μα γρήγορα τα είχε βαρεθεί όλα αυτά, του φαίνονταν όλα τόσο ίδια με αυτά του προηγούμενου καλοκαιριού κι εκείνα τόσο ίδια με εκείνα του πιο προηγούμενου καλοκαιριού, είχε βαλτώσει. Δεν έβλεπε την ώρα, να περάσουν οι μέρες και να επιστρέψει στην Αθήνα, όπου τον περίμενε η πρώτη του δουλειά σε μια εταιρία τροφίμων, στο λογιστήριο.

Χωρίς να το καταλάβουν, βρέθηκαν στην άκρη της πόλης, προς το παλιό τηλεγραφείο, στο μπαρ του Άγγλου. Ελάχιστος κόσμος, δυο ζευγάρια τουριστών, αμίλητα, με το ποτό στο χέρι, παρατηρούσαν το φεγγάρι που χανόταν πίσω από τον απέναντι λόφο και ένας ντόπιος, που κάτι ψιθύριζε στον μπάρμαν με συνωμοτικό ύφος .

Οι ροκ μπαλάντες των Dire Straits που ακούγονταν, ταίριαζαν απόλυτα και με το χώρο και με τη διάθεση τους. Κατευθύνθηκαν προς το μπαρ, ζήτησαν δυο extra dry martini, τα πήραν και κατευθύνθηκαν προς το πιο ακριανό τραπέζι, προς την παραλία.

....

Στις 2 παρά, από τα μεγάφωνα του μαγαζιού, ο Τζον, ανάγγειλε ότι τα μαγαζί δεν σερβίρει άλλα ποτά. Στις 2 ακριβώς έσβησαν τελείως τα έξω φώτα και σταμάτησε η μουσική. Στο σκοτάδι, ο Βαγγέλης άπλωσε το χέρι του προς το μέρος της, μα πριν προλάβει εκείνη ήδη κρατούσε το δικό του. Σηκώθηκαν, πέρασαν πάνω από το χαμηλό πεζούλι, που έζωνε το μαγαζί και μετά από λίγα μέτρα, ήταν καθισμένοι στην υγρή άμμο της παραλίας. Στο βάθος φαινόταν ο φάρος του λιμανιού, που αναβόσβηνε και η σιλουέτα του θεόρατου βράχου... ίσα που ακουγόταν η μουσική από το πάρτι που συνεχιζόταν. Την τράβηξε κοντά του, τα χείλη τους έσμιξαν σε ένα φιλί όλο πάθος.

- Θέλω να βουτήξω... δεν έχω κάνει ποτέ μου νυχτερινό μπάνιο, έλα πάμε! είπε εκείνη. Και πριν προλάβει να της απαντήσει, ήδη ήταν γυμνή και κατευθυνόταν προς το νερό. Σταμάτησε για λίγο, όταν τα πόδια της ένιωσαν την δροσιά του νερού, έκανε δύο ακόμα βήματα και χάθηκε στο σκοτάδι.

Ο Βαγγέλης κατευθύνθηκε προς τη θάλασσα. Στο πυκνό σκοτάδι, ήταν αδύνατον να τη διακρίνει. Η θάλασσα ήταν πιο σκοτεινή από ποτέ. Τίποτα δεν φαινόταν. Ακουγόταν μόνο, που και που, τα κτυπήματα των χεριών της στο νερό. Με μια αίσθηση αμφιβολίας, έβγαλε τα ρούχα του και βούτηξε. Όταν έβγαλε το κεφάλι του έξω από το νερό ένιωσε τη μοναξιά της στιγμής. Δεν έβλεπε τίποτα. Απόλυτο σκοτάδι. Μόνο το φως του φάρου, όριζε τη θέση του. Γύρισε το κεφάλι του, το σώμα του, μα και πάλι ήταν μόνος. Έκανε μερικές απλωτές κατά μήκος της παραλίας, έτσι πίστευε, σταμάτησε, προσπάθησε να αφουγκραστεί τις κινήσεις της. Μόνος, στο απόλυτο τίποτα. Να αιωρείται στο νερό, να τον καταπίνει το σκοτάδι, να μην ακούει τίποτα.

Το χέρι της τον έπιασε από το ώμο. Κόλλησε το σώμα της πάνω του. Τα στόμα τους ενώθηκε σε ένα λυτρωτικό φιλί, εκεί στο απόλυτο τίποτα, ισορροπώντας ανάμεσα στο πάθος και το βυθό. Ελευθερώθηκε και κρατώντας το χέρι της, την οδήγησε προς την ακτή. Μόλις ένιωσε την άμμο στα πόδια του, σταμάτησε και την τράβηξε κοντά του. Ο ένας δόθηκε στον άλλο με έναν πρωτόγνωρο, μαγικό τρόπο. Το μυαλό άδειασε, μόνο τα σώματα υπήρχαν. Τα σώματα και οι καρδιές τους να χορεύουν στο ρυθμό της νιότης τους. Δυο κραυγές ικανοποίησης, τα σώματα χαλάρωσαν, αφέθηκαν.

Με δυσκολία βρήκαν τα ρούχα τους, ντύθηκαν.

Προσπάθησε να τη φιλήσει.

-Υπάρχει και το αύριο, του απάντησε.

....
....

Την άλλη μέρα ξύπνησε αργά, κατέβηκε στον παραλιακό και πέρασε από το μικρό καφέ, δίπλα από το παλιό τελωνείο. Θα την συναντούσε εκεί. Κάθισε, παράγγειλε καφέ! Ο βαρύς ιδιοκτήτης του μαγαζιού, σε λίγη ώρα μαζί με τον καφέ του έφερε κι έναν κλειστό φάκελο.

-Αυτό είναι για σένα.

Τον άνοιξε, μέσα ένα βιαστικό σημείωμα: *Μη με ψάξεις, έφυγα με την πρωινή πτήση για Θεσσαλονίκη. Αντίο!*

....
....

Σταμάτησε, προσπάθησε να την δει και πάλι μα είχε χαθεί ανάμεσα στους δεκάδες εποχούμενους της Τσιμισκή. Συνέχισε το δρόμο του!

22 Ιανουαρίου 2016

Η ΩΡΑΙΑ ΕΠΟΧΗ του Ζακ Πρεβέρ

Νηστική χαμένη παγωμένη
Ολομόναχη άφραγκη
Μια κοπέλα δεκάξι χρόνων
Ακίνητη όρθια
Πλατεία Ομονοίας*
Μεσημέρι Δεκαπενταύγουστου.

(Paroles, εκδ. 1946)

Ξημέρωνε παραμονή Δεκαπενταύγουστου! Η ζεστή αύρα της νύχτας χάθηκε. Η πρωινή υγρασία της θάλασσας ενοχλούσε. Ο ήλιος που πρόβαλε απ᾽ το βάθος τ᾽ ουρανού ήταν γεμάτος χρώματα θερμά, μα ανίσχυρος. Με τα χέρια της προσπάθησε να προστατευτεί. Δεν σκεπτόταν τίποτα! Αρνιόταν να ξαναφέρει στο μυαλό της τις τελευταίες ώρες.

Έμενε εκεί ακίνητη, μονάχη. Της άρεσε! Μόνη πάνω στον κόσμο... τι εύκολα που θα ήταν όλα.

Το στήθος της πόναγε! Η σκέψη της μπερδευόταν!

- Δεν του άρεσα!   Αξίζεις κάτι καλύτερο!

- Είμαι μόνη! Μόνη και μου αρέσει!   Μην πλανάσαι!

- Πονάω!   ....δεν έχω κάτι να σου πω.

....
....

Ο ήλιος είχε σηκωθεί πια για τα καλά! Οι λουόμενοι γέμιζαν σιγά σιγά την παραλία. Οι χαρούμενες φωνές, τα γεμάτα υποσχέσεις βλέμματα, τα τυχαία αγγίγματα, τσάκιζαν τη νύχτα! Η ζωή, με όλη της την ορμή, κέρδιζε.

Κλείστηκες στο σπίτι σου, έπεσες για ύπνο. Τι κι αν η μάνα

σου πρόλαβε να σε ρωτήσει, να σε κατηγορήσει, να βγάλει φωνή απελπισίας; Τι κι αν σε κρυφοκοίταξε απ' τη χαραμάδα της μισάνοιχτης πόρτας της κάμαρας σου; Τα όνειρα σου ήταν γαλήνια, γεμάτα φως, ο έρωτας σχηματιζόταν στο πρόσωπό σου!

....
....

Δεν είσαι μόνη! Δεν μπορεί να είσαι μόνη.

- Έλα μαζί μου απόψε!

- Μα πονάω!

- Για λίγο, μόνο.

- ... ... Δεν θέλω!

....
....

Μεσημέρι Δεκαπενταύγουστου. Ο ήλιος ξασπρίζει τους τοίχους. Το πέργερο** της Παναγίας γεμάτο κόσμο! Η λειτουργία μόλις σκόλασε. Οι απανταχού απόδημοι ανταλλάσσουν σφιχτές χειραψίες. Οι κυρίες τους χαιρετιούνται με επιδεικτικούς ασπασμούς. Οι νεολαίοι ετοιμάζονται για τη σπονδή προς το Διόνυσο. Κι εσύ εκεί, ανάμεσα τους! Το μελτέμι χαλάει τα μαλλιά σου. Με το ένα σου χέρι κρατάς το λευκό φόρεμα κοντά στο πόδι σου. Με το άλλο μεταφέρεις την ένταση της νιότης σου! Το γέλιο σου ακούγεται όλο υποσχέσεις! *Σελήνη ολόγιομη και λαμπρή!* ... είσαι μόλις στα δεκάξι σου!

* Πλατεία Ομονοίας (Concorde) στο Παρίσι

** αυλή εκκλησίας (ιδίωμα Καρπάθου)

61

Καστελόριζο, προ αεροδρομίου, προ Mediterraneo, προ διαγγέλματος Παπανδρέου

Μάης του 1985. Καστελόριζο. Μετρώ ανάποδα τις ημέρες για να τελειώσει αυτή η σχολική χρονιά. Μα τι νησί κι αυτό! Να μην έχει μια παραλία της προκοπής. Μου είπανε να πάω στο παλιό λιμανάκι, στο Μανδράκι. Και να 'μαι.

Βότσαλα, βότσαλα κάθε μεγέθους. Πετάω παραπέρα τα μεγαλύτερα, απλώνω την πετσέτα μου. Το καλοκαίρι έρχεται γρήγορα εδώ, στα νότια. Φέτος όμως, δεν το χαίρομαι! Με εκνευρίζει αυτή η αίσθηση του καλοκαιριού δίχως όλα τα άλλα που το συνοδεύουν. Κάθομαι! Κοιτώ τις απέναντι ακτές. Ελληνικές, μικρασιατικές, τούρκικες.... Δεν πέρασα απέναντι! Για ποιον λόγο να το κάνω; Μου είπαν ότι θα βρω φτηνά δερμάτινα, χρυσαφικά, ψωμί και φρούτα. Αδιαφορώ! Όσο για ένα δερμάτινο, φρόντισε να μου το προμηθεύει, σε καλή τιμή είναι αλήθεια, ο Γυαλλίνης, ο πιο καπάτσος λαθρέμπορος του νησιού. Λένε ότι το Κας, η αρχαία Αντίφυλλος, είναι μια ωραία μικρή πόλη με ένα καταπληκτικό παζάρι. Ίσως! Εγώ αυτό που ξέρω είναι ότι δυο φορές, που η ΕΡΤ πρόβαλε τις ταινίες του Γκιουνάι*, του Κούρδου ηθοποιού και σκηνοθέτη, "Το κοπάδι" και "Ο δρόμος", οι απέναντι ακτές τυλίχθηκαν στο μαύρο σκοτάδι. Γενική συσκότιση! Ούτε φως, ούτε τηλεόραση. Γκιουνάι.... ούτε από τις απέναντι ακτές.

Ήταν δύσκολος ο χειμώνας. Όχι το κρύο! Τι κρύο να κάνει στο Καστελόριζο; Πιο δύσκολη ήταν η εβδομαδιαία ανακύκλωση των ίδιων γεγονότων. Το καράβι από ερχόταν από τη Ρόδο, πάντα νύχτα. Ξαφνικά, όλο το νησί, βρισκόταν στο λιμάνι. Η σκάλα να κατεβαίνει, συνωστισμός, άλλοι να ανεβαίνουν άλλοι να κατεβαίνουν, όλοι κάτι να κρατάνε στα χέρια τους, ο σάκος του ταχυδρομείου, το δέμα με τα περιοδικά και τις εφημερίδες, τα τσουβάλια με το ψωμί, τα καφάσια με τις ντομάτες, το κουτί με τους "μπαμπάδες" για το καφέ, ζαχαροπλαστείο, τσοντάδικο της παραλίας, δίπλα το βίντσι να κατεβάζει τα πιο βαριά φορτία, κυρίως τις προμήθειες για το φυλάκιο του στρατού, το παλιό ΡΕΟ** να μαρσάρει για να μην σβήσει η μηχανή του, φωνές που ανταγωνίζονται τη βιασύνη της κατάστασης, πειράγματα από τους βαριεστημένους κατοίκους, που κατέβηκαν να περάσουν την ώρα τους, η δυνατή φωνή του λοστρόμου: "Τέλος!", η σκάλα ανεβαίνει, οι κάβοι λύνονται, το πλοίο ολόφωτο να χάνεται στο σκοτάδι, ησυχία ξανά...

Το ίδιο βράδυ, βιντεοπροβολή κάποιας αμερικάνικης ταινίας, έπρεπε και ο τελευταίος θαμώνας, να πάρει τον "μπαμπά" του, ειδάλλως η ταινία δεν έπαιζε..., δεύτερη προβολή για τους πιο ορεξάτους, η πονηρή, άντε ξανά οι "μπαμπάδες", οι περισσότεροι έμεναν μισοφαγωμένοι στο πιατάκι.

Την άλλη μέρα, πρωί πρωί για δουλειά, το μεσημέρι ψώνια, κάποιο περιοδικό, τις προμήθειες της εβδομάδας, το ταχυδρομείο. Καθημερινό μαγείρεμα, ευτυχώς τα είχαμε βρει σε αυτό οι δάσκαλοι, μοιράζοντας τις δουλειές ανάμεσα στο νεροχύτη και την κατσαρόλα. Την Παρασκευή, να περιμένεις στη σειρά για τηλέφωνο στο σπίτι μας, στο μετρητή να πέφτουν οι μονάδες, δυο κουβέντες, είμαι καλά, τι κάνετε εσείς, τι άλλα νέα... Το βράδυ, ρετσίνα, κουβέντα για την κουβέντα, τα κεφάλια ζαλίζονται, όλα μπερδεύονται στο μυαλό, το ντου που θα κάνουν κάποτε οι Τούρκοι, οι συνεχείς και σχεδιασμένες προκλήσεις τους, οι δικές μας, από τρέλα και μόνο απαντήσεις, το αθέατο λαθρεμπόριο, οι Κούρδοι που έφτασαν τα ξημερώματα κλέβοντας μια βάρκα, την οποία οι Τούρκοι αναζητούσαν την άλλη μέρα φτάνοντας ως την είσοδο του λιμανιού μας, η απουσία του παπά Γιώργη - τι περίπτωση και αυτός - , τώρα που πέθανε κάποια υπέργηρη, μοναχική Μαρία και μένει άταφη ήδη ήδη για τρεις ημέρες, το κρουαζιερόπλοιο που θα περάσει για την Κύπρο απ' τα νότια του νησιού και το "πλωτό" του λιμεναρχείου που θα παραλάβει απ' αυτό τον παπά, η Μαύραινα με τη στεντόρεια, όλο πάθος φωνή και τις αθυροστομίες της, που μνημόνευε με καμάρι τον νεκρό πια, πολιτικό, συγγενή της, την κυρά της Ρω με τα αναπάντητα ερωτήματα για το πως αντέχεις για τόσα χρόνια τόση μοναξιά, την ευχάριστη στ' αυτιά μας φημολογία για τη ζωή της....

Η παρέα η ίδια. Εγώ, ο Μιχάλης, ο ταχυδρόμος, από την Κρήτη, του είχαν υποσχεθεί ότι θα είναι μόνο για μια πενταετία, ο Αναστάσης, νέος αξιωματικός της αστυνομίας, απ᾽ αυτούς που η σοσιαλιστική κυβέρνηση διόρισε για να εκδημοκρατίσει το σώμα, ο Βαγγελής εργολάβος κατά δήλωση του, από τη Ρόδο, ποτέ όμως δεν είδαμε κάποιο έργο του, ο γιατρός που εφημέρευε εκείνον τον μήνα στο νησί, αποσπασμένος από το Νοσοκομείο της Ρόδου και ο Κωστής, ο λοχαγός στο φυλάκιο, πάντα αυστηρός, ο οποίος όμως μετά το τρίτο ποτηράκι, έβγαζε τον καημό για τη νιόπαντρη γυναίκα του που είχε αφήσει πίσω σε κάποιο χωριό της Λαμίας. Και μετά όλα πάλι από την αρχή.

Προσπαθώ να βολευτώ στην πετσέτα μου. Τα βότσαλα όμως είναι ακανόνιστα και η άμμος απουσιάζει παντελώς! Τη θέση της έχει πάρει μια κόκκινη πούδρα. Ρίχνω μια ματιά στη θάλασσα, που μαλακά μαλακά σκάει μπροστά μου. Βότσαλα, βότσαλα, βότσαλα, όλων των μεγεθών και των χρωμάτων... και μαύροι, καφέ, κόκκινοι αχινοί παντού, κανένας διάδρομος δεν μου ανοίγεται για να μπω στο νερό και να αισθάνομαι ασφαλής. Το πείσμα μου φταίει, δεν μπορούσα να πιστέψω, ότι σε ολόκληρο νησί δεν υπάρχει μια παραλία της προκοπής. Όλοι απολάμβαναν το μπάνιο τους από την προβλήτα, μπροστά στον Ξενία, στην είσοδο του λιμανιού... από εκεί βουτούν στο νερό, εκεί, πάνω στις τσιμεντένιες πλάκες απλώνουν τις πετσέτες τους, μιας και οι ελάχιστες σεζλόνγκ δεν επαρκούν για όλους.

Κοιτάζω γύρω μου. Στα δεξιά μου και μέχρι την πλάτη μου, ένα δασάκι. Αυτό το πράσινο είναι τελείως παράταιρο με το υπόλοιπο νησί. Στην άκρη, δίπλα στη θάλασσα, το νεκροταφείο. Τεράστιο σε σχέση με τον πληθυσμό του νησιού. Απ, την άκρη του προς το βορά, απλώνονται τρεις βραχονησίδες. Από κάποια ιδιοτροπία του ήλιου, στη δικιά μας φαίνεται καθαρά το εκκλησάκι του Άη Γιώργη, η κάθε λεπτομέρεια της, ενώ στις τούρκικες το γκρι χρώμα τις κάνει να φαίνονται όλο και πιο απόμακρες. Τα απέναντι παράλια, επιβλητικά, απειλητικά. Τόσο κοντά μα συγχρόνως και τόσο μακριά. Αριστερά, τα αρχοντικά που οι πόρτες τους, σίγουρα σε κάποια ιδιοτροπία του καιρού, θα βρέχονται απ' το κύμα. Κλειστά. Λένε ότι οι ελάχιστοι κάτοικοι που μένουν σήμερα στο νησί, δεν έχουν δική τους περιουσία εδώ. Ούτε σπίτι βέβαια. Ο ντόπιοι μετανάστευσαν κατά κύματα, μετά την πώληση του νησιού απ' τους Γάλλους στους Ιταλούς***, στην Αυστραλία, στην Αθήνα, στη Ρόδο. Κάποιοι επισκέπτονται το νησί το καλοκαίρι, σε προχωρημένη ηλικία, συνταξιούχοι πια, έρχονται να αποχαιρετήσουν για τελευταία φορά τη γη των προγόνων τους.

Η ιστορία έχει παράξενα τερτίπια. Κι αυτά κάποιοι φροντίζουν να τα καλύπτουν επιμελώς, λες και οι ψυχές των ανθρώπων θα μπορούσαν με αυτόν τον τρόπο να γαληνέψουν. Δεν έχω συναντήσει άλλο νησί με τόσα γκρεμισμένα σπίτια. Ένας μεγάλος σεισμός το '26, ο ανηλεής βομβαρδισμός απ' τα γερμανικά στούκας το '43, το φευγιό των λίγων Κασρελοριζιών για να γλυτώσουν, η πυρκαγιά που έβαλαν οι Άγγλοι στα αρχοντόσπιτα το '46 για να καλύψουν την βάρβαρη λεηλασία τους, η ανικανότητα του ελληνικού κράτους να δημιουργήσει συνθήκες οικονομικής ανάπτυξης στα μικρά νησιά μας, όλα αυτά, ίσως και άλλα, ευθύνονται γι' αυτήν την εικόνα. Κάποτε ήταν μια πόλη, πλούσια, με εμπορικό στόλο, με 12 χιλιάδες κατοίκους και σήμερα μόλις 300 κάτοικοι προσπαθούν να επιβιώσουν σ' αυτήν την άκρη της Ευρώπης...

Μπροστά μου, μια σειρά από ιστιοφόρα, το ένα μετά το άλλο, πλέουν προς τη Ρόδο, εκμεταλλευόμενα τους ευνοϊκούς ανέμους των στενών. Σε ένα τέτοιο ιστιοφόρο, δουλεύει ο Μετίν. Αρκετά μεγαλύτερος από εμάς, μια μέρα μας επισκέφθηκε στο σχολείο, μας συστήθηκε, με δυσκολία μπορέσαμε να συνεννοηθούμε, μιλούσε μόνο τούρκικα. Με χειρονομίας, με κάποιες λίγες λέξεις που ανασύραμε από αυτές που ακούγανε από τις γιαγιάδες μας και με πολλά σχέδια στον πίνακα μπορέσαμε τελικά να πούμε κάποια πράγματα. Δάσκαλος κι αυτός, ο οποίος όμως τα παράτησε, πριν μερικά χρόνια, για τον καλύτερο μισθό του απλού ναύτη, σε ένα ιστιοφόρο, που μεταφέρει Αμερικανούς τουρίστες από το Κας στο Καστελόριζο. Μας επισκέφθηκε και πάλι μετά από 15 ημέρες. Μαζί του μας έφερε, μια σακούλα με κηπευτικά και φρέσκο ψωμί και έναν ντόπιο, που μιλούσε λίγα τούρκικα. Τα "είπαμε" καλύτερα αυτή τη φορά. Είπαμε για τις δυσκολίες του επαγγέλματός μας, για την οικονομική του ανέχεια, όταν δούλευε ως δάσκαλος, για τα δικά μας προβλήματα, που ως νέοι δάσκαλοι βρισκόμαστε σε έναν τέτοιο δύσκολο τόπο. Μετά από δύο ημέρες μας επισκέφθηκε ο διοικητής του αστυνομικού τμήματος. Μας "διέταξε" να μην ξαναδεχθούμε στο σχολείο τον Μετίν, διότι... μπορεί να είναι κατάσκοπος. Εξάλλου, δεν είχε δικαίωμα ως ναύτης ιστιοφόρου, να τριγυρνά στα στενά του οικισμού, παρά μόνο στην παραλιακή ζώνη, εκεί που αράζει το σκάφος του. Σίγουρα ειδοποιήθηκε και ο Μετίν, με κάποιον τρόπο, διότι δεν ξαναφάνηκε στο σχολείο. Όσο κι αν στύψαμε το μυαλό μας, δεν μπορούσαμε να καταλάβουμε τι χρήσιμη πληροφορία, θα μπορούσε να πάρει από εμάς, ο πρώην Τούρκος συνάδελφος.

Λίγες μέρες, προτού βρεθώ στο νησί, βρήκα έναν παλιό καθηγητή μου, στη Ρόδο. Ήμουν στενοχωρημένος. Μου λέει: "Δες το σαν ευκαιρία, να μείνεις λίγο μόνος, με τον εαυτό σου, δες το σαν άσκηση αυτογνωσίας!". Είμαι μόλις 22 χρόνων. Δεν έχω κάτι να πω με τον εαυτό μου. Αυτό που θέλω είναι να γεμίσω τη ψυχή μου με ζωή. Αυτή η ακινησία, τα ατελείωτα βράδια με τις άνευ σημασίας συζητήσεις, αυτές οι ακατανόητες ιστορίες που φτιάχνουν οι πολιτικοί, δεν με ενδιαφέρουν.

Ψάχνω τη τσάντα μου, βγάζω τα Walkman, τοποθετώ την κασέτα που σήμερα μόλις έλαβα, από τη συμμαθήτρια μου, τη Μαρία, με τις τελευταίες επιτυχίες του αμερικάνικου μουσικού στερεώματος. Το πρώτο τραγούδι: Dance with me του Leonard Koen. Ρυθμικό, ανεξήγητα θλιμμένο. Το έβαλα και

πάλι από την αρχή. Μου αρέσει! Dance me to the end of love...
Με ποια; Είμαι μόνος! Σε μια υποτιθέμενη παραλία, με τον
ήλιο να με καίει, απέναντι από το μικρασιατικό φόβητρο, στο
τέρμα της πατρίδας μου..., δεν βλέπω την ώρα να φύγω απ᾽ το
νησί!

* αφιέρωμα της κρατικής τηλεόρασης στον Κούρδο
αντικαθεστωτικό, με την ευκαιρία του πρόσφατου θανάτου του.

** στρατιωτικό όχημα μεταφοράς

*** το 1921

Θε μου, η μητρική στοργή πού βρήκε τόσο δηλητήριο;

Η άνοιξη εκείνη την χρονιά, τους έκανε τη χάρη κι έφτασε νωρίτερα απ᾽ ότι συνήθως. Κι αυτό έκανε την κατάσταση ακόμα πιο δύσκολη. Ο Περικλής κλεισμένος μέσα σε τούτο το εμβληματικό για την πόλη κτίριο, έγραφε τις ώρες της βάρδιας του, κάτω από το φως των ηλεκτρικών λαμπτήρων, που φώτιζαν επιλεκτικά τα εκθέματα της ιστορίας της πόλης.

Αυτός όμως είναι κλεισμένος μέσα στον Πύργο, φύλακας στον τέταρτο όροφο, της αίθουσας που παρουσίαζε την πόλη ως εμπορικό κέντρο της περιοχής. Προσέχει τα εκθέματα από τις άτσαλες κινήσεις των μικρών μαθητών όταν οι δάσκαλοί τους αγωνίζονται να τους δώσουν να καταλάβουν κάτι από τη σημασία αυτών που βλέπουν. Παρατηρεί τις ομάδες των νέων, που επισκέπτονται την έκθεση και προσπαθούν να ανακαλύψουν τα κομμάτια της πόλης που αγαπούν. Ψάχνει τις κρυφές ματιές τους ή τα τυχαία αγγίγματα τους. Κρυφακούει τις συζητήσεις των ξένων ακαδημαϊκών, που πάντα κάτι έχουν να πουν για αυτά που θαυμάζουν. Δεν αφήνει από τα μάτια του κάποιους που του φαίνονται ύποπτοι, εκείνους που έχουν την τρέλα να οικειοποιούνται τα απομεινάρια αυτής της πόλης.

Τις ώρες της ανάπαυλας του, μιας και δεν του επιτρέπεται να εγκαταλείψει τη θέση του ούτε για τσιγάρο, μόνη του διέξοδος το απέναντι καγκελόφραχτο παράθυρο. Έξω, μπροστά στην πρόσφατα ανακαινισμένη προκυμαία, η ζωή είχε κερδίσει για μια ακόμα φορά. Καθημερινά, το βλέπεις, το πλήθος γίνεται όλο και περισσότερο. Η αύρα της θάλασσας, μαζεύει κοντά της τον καθένα που αισθάνεται ζωντανός σε αυτήν την πόλη. Φοιτητές με τις σημειώσεις "υπό μάλης" και τσάντες να βαραίνουν τον ώμο, μαθήτριες που βιάζονται να φορέσουν τα καλοκαιρινά τους, που βιάζονται να μεγαλώσουν, μαμάδες που με υπερηφάνεια σπρώχνουν το καρότσι με το βλαστάρι τους μέσα, περήφανες που απόκτησαν και πάλι τη σιλουέτα τους, φορμάτοι αθλητικοί τύποι που γράφουν χιλιόμετρα τρέχοντας και ονειροπόλοι ποδηλάτες που η ορμή του αέρα, του δροσερού ακόμα αέρα, τους ξυπνά το πρόσωπο.

Και τα σπουργίτια, που το χειμώνα τα έβλεπες να κουρνιάζουν ανάμεσα στα κλαδιά των γύρω δέντρων, προσπαθώντας να ζεσταθούν από τις παγωμένες ακτίνες του ήλιου, τώρα όλο και πλησιάζουν στο παράθυρο. Επιβίωσαν από τον βαρύ φετινό χειμώνα και ξένοιαστα απολαμβάνουν την ελευθερία τους. Κανένας δεν μπορεί να τους τη στερήσει. Κανένας... παρά μόνο η ίδια η ζωή τους.

Κάθεται στο πλατύσκαλο. Πιάνει ένα τσιγάρο στο χέρι του. Το στριφογυρίζει ανάμεσα στα δάχτυλα του. Ακόμα και γι' αυτή τη συνήθεια του ο διευθυντής του έκανε προχθές παρατήρηση. Το ήθελε το τσιγάρο μα δεν του επιτρεπόταν να βγει έξω την ώρα της βάρδιας του. Ούτε να το στριφογυρίζει ανάμεσα στα δάχτυλα, του επιτρεπόταν. Πόσο το ήθελε, για λίγο μόνο, για δέκα λεπτά, να μπορούσε να κατέβει τα σκαλιά και να βρεθεί έξω. Τώρα, αυτή την ώρα, που ο ήλιος γλυκαίνει το κορμί και τη ψυχή σου. Στο μυαλό του οι αίθουσες αυτές, ποτέ δεν άλλαξαν την αποστολή τους. Κελιά για φυλακισμένους ήταν... τώρα τις νιώθει σαν τη δική του φυλακή.

Τα σπουργίτια εξακολουθούν να περνούν έξω από το παράθυρο. Φασαριόζικα, όλο και πιο θαρρετά. Το πέταγμα τους τι σκοπό μπορεί να έχει; Έναν και μόνο ένα... να απολαύσουν αυτή την λαμπρή, ανοιξιάτικη ημέρα... είναι ελεύθερα, κανένας δεν θα τους κάνει παρατήρηση... για ένα τσιγάρο στο χέρι.

Οι σκέψεις βασανίζουν τον Περικλή. Αυτή την άνοιξη τον πονάνε, τον πονάνε πολύ. Κάποτε φτάνει, ο κόμπος εκεί που ένα ελάχιστο τράβηγμα είναι ικανό να σπάσει την ψυχή σου. Και η ψυχή του πονάει! Πονάει που έμεινε μόνος, πονάει που δεν έχει φίλους, πονάει που δεν έκανε οικογένεια. Τον πονάνε τα ντουβάρια μέσα στα οποία είναι κλεισμένος. Τα ίδια ντουβάρια ορθώνονται και στο σπίτι του. Όσο ζούσαν οι γονείς του, του ήταν αδύνατον να υποψιαστεί τη μοναξιά που τον περίμενε. Μετά τον θάνατο του πατέρα του, έγινε αυτός ο άντρας του σπιτιού... Νοιαζόταν για τα καθημερινά έξοδα, συμφωνούσε με τη μάνα του για το φαγητό της ημέρας, καθόταν στο σπίτι και της έκανε παρέα, σε κάθε της στενοχώρια την έτρεχε στους γιατρούς... τις αγόραζε, σχεδόν κάθε μέρα την αγαπημένη της σοκοφρέτα. Αρχόντισσα την είχε... Δεν προλάβαινε να ζητήσει κάτι εκείνη κι αυτός της ικανοποιούσε την επιθυμία. Εκεί έκλεισε και κάθε ευκαιρία να κάνει δική του οικογένεια. Μετά τον ξαφνικό θάνατο της, μέρα με τη μέρα, όλο και περισσότερο αντιλαμβανόταν ότι η ζωή του είχε χαραμιστεί. Την είχε σπαταλήσει ανάμεσα στη δουλειά του - ένας απλός φύλακας ήταν σε κάποια αίθουσα ενός από τα μουσεία της Θεσσαλονίκης- και το σπίτι του, χειραγωγούμενος από την μάνα του.

Γύριζε στο σπίτι του κάθε απόγευμα μετά τη δουλειά, ετοίμαζε στα γρήγορα κάτι να φάει, άνοιγε μια μπύρα και καθόταν μπροστά στην τηλεόραση. Δεν έβλεπε, δεν τον στενοχωρούσαν οι δημοσιογράφοι με τα μαύρα μαντάτα τους για την προοπτική εξόδου της χώρας από την οικονομική κρίση, δεν τον συγκινούσαν οι όμορφες πρωταγωνίστριες της Ισπανικής σειράς που έπαιζε η κρατική τηλεόραση αλλά ούτε και εκείνες, οι δικές μας, που πάλευαν ανάμεσα στους έρωτες και τα μίση τους. Μπροστά του απλώς περνούσαν εικόνες, ενώ η ψυχή του μαύριζε. Δεν την άντεχε πια την τόση μοναξιά.

Έβγαινε στο μπαλκόνι, άναβε ένα τσιγάρο και το κάπνιζε βλέποντας την κίνηση στο δρόμο, μα κι εδώ τα ίδια! Εικόνες, εικόνες, μα ξένες, όχι του δικού του κόσμου. Άναβε και δεύτερο τσιγάρο και τρίτο... και τέταρτο. Ούτε το τσουχτερό κρύο της πόλης τον ενοχλούσε, ούτε ότι στεκόταν όρθιος τόση ώρα. Τουλάχιστον ήταν ελεύθερος να κάνει εκείνο το τσιγάρο. Κανένας δεν θα του έκανε παρατήρηση! Ήταν ελεύθερος να το κάνει!

Ελεύθερος; Ποτέ δεν ήταν ελεύθερος! Ποτέ δεν έκανε

αυτό που ήθελε. Πάντα κάποιος άλλος καθόριζε τα θέλω του. Κάποιος άλλος; Ένας ήταν! Η μάνα του. Αυτή έκανε κουμάντο στο σπίτι τους. Στα πάντα! Αυτή πήρε την οικογένεια πάνω της. Πώς αλλιώς να γινόταν; Από το 67, όταν συνέλαβαν τον πατέρα του και τον έστειλαν στην Γυάρο, αυτή ανέλαβε να τον μεγαλώσει. Ήταν μόλις τριών χρόνων τότε. Κι αυτή έμεινε μόνη της. Ποτέ δεν συγχώρεσε τον πατέρα του, που έβαλε την ιδεολογία του πάνω από την οικογένεια του. Ακόμα θυμάται με τι ικανοποίηση του ανακοίνωνε τα γεγονότα από την πτώση του σοβιετικού μπλοκ και πάντα τελείωνε με την ίδια φράση, έπρεπε να τα έβλεπε ο πατέρας σου αυτά.... Εκείνος, είχε πεθάνει, λίγο μετά την άνοδο των σοσιαλιστών στην εξουσία το 81. Τον θυμόταν χαρούμενο τότε. Από τις λίγες φορές, που η ελπίδα χαράχτηκε στο πρόσωπο του ήταν εκείνη η βραδιά του Οκτώβρη. Η φυλακή, η εξορία, η επιλογή του να μείνει στην αφάνεια όταν οι άλλοι σύντροφοι του έπιαναν ένα ένα τα πόστα, οι καθημερινές αντιθέσεις μεταξύ των πιστεύω του και του τρόπου ζωής του σε μια ελεύθερη οικονομία, η εχθρότητα της γυναίκας του, τον συνέθλιψαν τελικά. Πέθανε στον ύπνο του. Τυχερή η μάνα του!

Κουμάντο έκανε και στον γιο της. Δυο φορές ζήτησε την άδεια της να παντρευτεί. Ζήτησε την άδεια της; Ναι... γιατί άραγε; Την πρώτη, όταν είχε τελειώσει το στρατιωτικό του, τότε μόλις είχε πιάσει δουλειά στην αποθήκη της FENA. Η Γεωργία ήταν πωλήτρια στην ίδια εταιρία. Μετά από έξι μήνες δεσμού αποφάσισαν να παντρευτούν. Ανένδοτη η μάνα του. "Είσαι μικρός ακόμα", έλεγε και ξαναέλεγε. Ο πατέρας του, παρακολουθούσε. Κάποια προσπάθεια του να πάρει το μέρος του, έληξε με μια μόνο ματιά της μάνας του. Το μήνυμα ήταν ξεκάθαρο. "Εδώ κάνω εγώ κουμάντο". Της γνώρισε τη Γεωργία, πιστεύοντας ότι θα την συμπαθούσε. Μια από τις χειρότερες μέρες της ζωής του. Στο τέλος της βραδιάς, την έδιωξε από το σπίτι. Μετά από δυο μήνες το διέλυσαν οριστικά. Η επιλογή ήταν σαφής. Ή με τη Γεωργία ή με τη μάνα του, προτίμησε τη μάνα του...

Την επόμενη χρονιά, εκμεταλλεύτηκε την γνωριμία με

κάποιον παλιό συναγωνιστή του πατέρα του, τον οποίο είχαν συναντήσει σε κάποια από εκείνες τις προεκλογικές συγκεντρώσεις στην Αριστοτέλους και ο Περικλής, διορίστηκε στο Υπουργείο Πολιτισμού, ως φύλακας. Τον περισσότερο καιρό ήταν στο Αρχαιολογικό Μουσείο της πόλης. Αρχές της δεκαετίας του 90, τον μεταθέτουν προσωρινά στο αρχαιολογικό μουσείο της Καβάλας. Τότε γνωρίζει τη Βαγγελιώ. Νοσοκόμα στο κάτω Νοσοκομείο της πόλης. Με δικό της σπίτι στη Θάσο και αποφασισμένη να κάνει οικογένεια εκεί, στο νησί της. Γρήγορα ταίριαξαν. Έκαναν όνειρα για το μέλλον. Ένα Σαββατοκύριακο τη γνώρισε στη μάνα του. Την καλοδέχθηκε. Δεν του είπε τίποτε αρνητικό. μετά από ένα μήνα, χωρίς να το ζητήσει, ανακλήθηκε η μετάθεση του από την Καβάλα. Η μάνα του είχε βρει τον τρόπο. Προσπάθησε να πείσει τη Βαγγελιώ να ρθει στη Θεσσαλονίκη. Εκείνη προτίμησε να το διαλύσουν.

Από τότε δεν τα βρήκε με καμιά άλλη κοπέλα. Και υπήρχαν ευκαιρίες... η δύναμη να ξεκόψει από το σπίτι του, από τη μάνα του, δεν υπήρχε!

Εκείνο το πρωινό, προτού πιάσει δουλειά, σταμάτησε στο Tre Marie. Είχε πείσει τον εαυτό του, να αλλάξει κάποιες από τις συνήθειες του. Γιατί τον πρωινό καφέ, να τον πίνει μόνος του στο σπίτι και όχι στο όμορφο περιβάλλον ενός από τα τόσα καταστήματα, που υπήρχαν γύρω από τον Λευκό Πύργο; Περνούσε κάθε πρωί απ' έξω και ούτε μια φευγαλέα ματιά δεν καταδεχόταν να ρίξει προς τα μέσα. Σίγουρα τσιγάρο δεν θα τον άφηναν να ανάψει αλλά κάποια όμορφη, νεαρή σερβιτόρα θα του έφερνε τον καφέ, ίσως να αντάλλασσαν και μια δυο κουβέντες. Σίγουρα θα υπήρχαν και άλλοι πρωινοί πελάτες, μοναχικοί και αυτοί, ίσως κάποιες κουβέντες να αντάλλασσε και με αυτούς.

Μπήκε, κάθισε, σε ένα τραπεζάκι κοντά στην πόρτα. Μετά από λίγο, η κοπέλα που τακτοποιούσε τα φρέσκα αρτοσκευάσματα πίσω από τη βιτρίνα πλησίασε και τον ρώτησε τι θα ήθελε. Έναν Νες με γάλα, μέτριο, της απάντησε. Ο καφές ήλθε γρήγορα. Μαζί με ένα κομμάτι κέικ.

Την ώρα που σκεφτόμουν την έξτρα αυτή περιποίηση, από την ανοιχτή πόρτα μπήκε ένα σπουργίτι. Χοροπηδώντας στο πάτωμα, ελαφροπετώντας από τραπέζι σε καρέκλα και από καρέκλα στο πάτωμα, ένιωθε ότι γνώριζε το χώρο. Έκοψε ένα κομματάκι από το κέικ και το πέταξα απαλά λίγο πιο πέρα. Αυτό σχεδόν αμέσως το πλησίασε και άρχισε να τσιμπάει μικρά κομμάτια. Να τσιμπάει και να φεύγει. Να ξανάρχεται να τσιμπάει και να ξαναφεύγει. Η θεία πρόνοια, φροντίζει για τα πετούμενα, έτσι τους μάθαιναν στο σχολείο κάποτε. Στο μυαλό του, ο σπουργίτης που συνεχώς αλλάζει θέση εκεί μπροστά του, που πετά έξω στην ελευθερία του πεζοδρομίου και μετά από λίγο ξαναμπαίνει μέσα... συγκρίνεται με αυτόν. Οι σκέψεις, του βασανίζουν το μυαλό. Τα ερωτήματα και οι αυτονόητες απαντήσεις τον πονάνε. "Τι έγνοιες να είχε αυτό; Να φάει και να κουρνιάσει σε κάποια στέγη της περιοχής. Τι άλλο; Να κάνει οικογένεια; Δεν ξέρω! Γονείς είχε. Σίγουρα δεν ζουν πια. Μπορεί και να ζουν. Νοιάζονται γι' αυτό; Σίγουρα όχι! Ταίρι έχει; Μπα, μονάχο του το βλέπω. Μόνο του πορεύεται. Ελεύθερο! Δίχως αφεντικό, χωρίς ωράριο, δίχως μάνα, χωρίς καμία υποχρέωση. Ελεύθερο! ...ναι αλλά και αυτό, όλη την ημέρα σου να τη σπαταλάς για να βρεις κάτι να φας; Θα το άντεχες εσύ; Δεν ξέρω. Δεν ένωσα ποτέ ελεύθερος. Τη ζωή μου την εκχώρησα. Στη μάνα μου! Και τώρα εκείνη έφυγε! Κι εγώ είμαι μόνος. Μόνος!

Άφησε πέντε ευρώ στο τραπέζι και βγήκε έξω. Σε δέκα λεπτά θα έπρεπε να βρίσκεται στη θέση του. Ο Λευκός Πύργος ήταν μπροστά του. Ξεκίνησε προς κει αλλά σε μερικά βήματα σταμάτησε. Δεν ήθελε να κλειστεί και πάλι μέσα στη σκοτεινή αίθουσα του τέταρτου ορόφου.. Γύρισε προς τα πίσω. Έστριψε προς την Μητροπόλεως, ανέβηκε την Παύλου Μελά και βρέθηκε στην Τσιμισκή. Ανέβηκε την Αγίας Σοφίας και βρέθηκε στην Εγνατίας. Σταμάτησε στη πρώτη στάση που οδηγούσε προς το ΚΤΕΛ. Φτάνοντας εκεί κατευθύνθηκε, δίχως κανέναν δισταγμό, στα εκδοτήρια κι έκοψε εισιτήριο για την Καβάλα.

Το κινητό του ήχησε όταν είχαν πια περάσει τη Βόλβη.

Ήταν από τη δουλειά του. Διέκοψε την κλήση. Μετά από λίγα λεπτά η κλήση επαναλήφθηκε. Δεν απάντησε μέχρι που σταμάτησε. Δεν σκεφτόταν πολλά. Ήταν χαρούμενος που δεν βρισκόταν κλεισμένος ανάμεσα στα βαριά ντουβάρια του Λευκού Πύργου για να προσέχει τα εκθέματα, ήταν χαρούμενος που σήμερα τουλάχιστον, δεν θα επέστρεφε στο σπίτι του, ήταν χαρούμενος που θα έψαχνε μέρος να κοιμηθεί απόψε. Ίσως και για αύριο, ίσως και για μεθαύριο. Πιο μακριά δεν είχε μάθει να σχεδιάζει για τη ζωή του. Ήξερε που ήθελε να πάει.

Κατέβηκε απ᾽ το λεωφορείο και κατευθύνθηκε προς τις Καμάρες. Περπατούσε ήρεμος, με σταθερό βήμα, δίχως να βιάζεται. Τη θυμόταν τη διαδρομή, κάπου εκεί μέσα, σε κάτι στενά πάνω απ' τον Άη Νικόλα έμενε τότε. Όταν έφτασε κάτω από το παλιό υδραγωγείο σταμάτησε για λίγο. Κοίταξε προς το παλιό Νοσοκομείο. Συνέχισε κρατώντας σταθερό το βήμα του στην κατηφόρα. Πέρασε απ' το Καρνάγιο, προσπέρασε το Νοσοκομείο, κλειστό, εγκαταλειμμένο εδώ και χρόνια. Συνέχισε κατά μήκος του Παραλιακού δρόμου για κανένα εικοσάλεπτο μέχρι που έφτασε στο παλιό λιμανάκι. Μπήκε στο πρώτο εστιατόριο από αυτά που βρίσκονταν στη σειρά. Κάθισε δίπλα στο παράθυρο.

Εδώ είχε ανταλλάξει όρκους αιώνιας αγάπης με τη Βαγγελιώ. Πολλές φορές αναρωτιόταν τι έφταιξε και σήμερα, δεν βρίσκεται μαζί της. Τυχερά είναι αυτά του έλεγε η μάνα του. Αν σε αγαπούσε θα σε ακολουθούσε.

"Ή αν την αγαπούσα θα την ακολουθούσα εγώ."

Είχε μάθει για εκείνην. Παντρεύτηκε, ζει στη Θάσο όπως το ήθελε, έχει δυο παιδάκια... σίγουρα τον έχει διαγράψει απ᾽ τη ζωή της.

Αυτός όμως όχι, ήταν η τελευταία ευκαιρία που του δόθηκε να αλλάξει τη δική του ζωή και την έχασε. Να κάνει δική του οικογένεια, να μην είναι μόνος... να μην φτάσει ως εδώ. Αδύναμος απέναντι στη μάνα του, ανήμπορος να χαράξει το δικό του δρόμο. Και τώρα;

-Είστε έτοιμος κύριε;

- Ε, ναι. Ναι! ....

Μετά το φαγητό του, κάλεσε ένα ταξί, τον πήγε μέχρι το ΚΤΕΛ στο κέντρο της πόλης. Επέστρεψε το ίδιο βράδυ. Το άλλο πρωί ήταν στη δουλειά του. Ο διευθυντής του, τον κατσάδιασε άσχημα. Αυτός απλώς έσκυψε το κεφάλι. Είχε παραδοθεί ολοκληρωτικά. Δεν έβρισκε άλλο δρόμο, δεν είχε τη δύναμη πια ν' ακολουθήσει κανέναν άλλο δρόμο.

Συμπλήρωμα:

Το χούφταλο

Έγινε χούφταλο κι ακόμα επιμένει να με κάνει κουμάντο:
«Γιατί άργησες; πού ήσουν τέτοια ώρα;»
(γυρνώ στις δέκα, και το βρίσκει αργά).
Μάτι επιτιμητικό, γεμάτο κακία,
γυναίκα που συνήθισε για το παραμικρό να τιμωρεί το παιδί
της.
Και τώρα που μεγάλωσα, ακόμη τα ίδια.
Να μη με δει καμιά βραδιά να επιστρέφω χαρούμενος -
αμέσως αρχινάει το φαρμάκι:
«Ως τώρα περίμενα τον πατέρα σου απ' τις ταβέρνες,
τώρα περιμένω εσένα απ' τους δρόμους».
Κι όσο περνούν τα χρόνια και χάνει από πάνω μου τον έλεγχο,
κοιτάει πώς να με εξουθενώνει καθημερινά με κλάματα και με
αρρώστιες.
Και πάντα η ίδια επωδός:
«Σκύλε, γλεντάς, κι εγώ πεθαίνω».
Θε μου, η μητρική στοργή πού βρήκε τόσο δηλητήριο;
Κι η μάνα μου που έτρεμε μην πάθω τίποτε,
πώς τώρα το 'βαλε σκοπό να με ξεκάνει;

Ντίνος Χριστιανόπουλος, *Νεκρή πιάτσα (1990)*

2 Απριλίου 2017

75

Είναι κουτό, γιατρέ... ή μήπως δεν είναι και τόσο;

-Είναι κουτό, γιατρέ, καταλαβαίνετε; Δεν ήλθα στον κόσμο για να κάνω ρεπορτάζ. Ίσως όμως ήλθα για να ζήσω με μια γυναίκα. Φυσικό δεν είναι; (απόσπασμα απ' την "Πανούκλα" του Αλμπέρτ Καμύ)

Είναι κουτό, γιατρέ μου, καταλαβαίνετε; Δεν ήλθα στον κόσμο για να διδάσκω, Ίσως όμως ήλθα για να ζήσω με έναν άντρα. Φυσικό δεν είναι; (Κουβέντα της Δήμητρας, σε μια από τις ατελείωτες εκείνες συζητήσεις, κάποιας χειμωνιάτικης νύχτας, όταν μαζεύονται όλοι οι νεουπηρετούντες δημόσιοι υπάλληλοι, σε ένα από τα λιγοστά μπαράκια του νησιού και "σκαλίζουν" τη ζωή τους.)

Η Δήμητρα μόλις είχε είχε επιστρέψει στο μικρό ξενοδοχείο από το σχολείο, στο οποίο τοποθετήθηκε για τη νέα χρονιά! Εκεί για μια φορά ακόμα υπέγραψε την πράξη παρουσίασης και ανάληψης στην υπηρεσία της, ο διευθυντής της ανακοίνωσε την τάξη που θα έχει, έκανε μια πρώτη γνωριμία με τους παρόντες συναδέλφους της, ρώτησε για τα διαθέσιμα διαμερίσματα στο νησί!

Άνοιξε την μπαλκονόπορτα και μπροστά της αντίκρισε όλη τη μαγεία του έντονου μπλε της θάλασσας. Ο Σεπτέμβριος είχε περάσει πια στα μισά του, αλλά η ατμόσφαιρα μύριζε καλοκαίρι. Πήρε τα τσιγάρα της και χύθηκε στην πλαστική καρέκλα ακουμπώντας τα πόδια της στο κάγκελο του μπαλκονιού. Άναψε ένα τσιγάρο!

Χαιρόταν, ναι χαιρόταν διότι θα είχε δουλειά για τους επόμενους εννέα μήνες. Και στα χρόνια αυτά, το να εργάζεται ένας νέος άνθρωπος εθεωρείτο, τουλάχιστον ως "τύχη αγαθή". Ένιωθε, όμως κουρασμένη! Τα τριάντα της... θα τα γιόρταζε τον επόμενο μήνα. Η σημερινή ημέρα, επαναλαμβανόταν, για έβδομη φορά! Για έβδομη φορά, κάθε Σεπτέμβριο τα τελευταία χρόνια, μάθαινε την τοποθέτηση της, την άλλη μέρα φρόντιζε να είναι στη γραφεία της Διεύθυνσης του νομού, έκανε αίτηση τοποθέτησης, περίμενε την απόφαση του υπηρεσιακού συμβουλίου, έπαιρνε ξανά τα πράγματα της, πήγαινε στο νέο της σχολείο, αναλάμβανε μια τάξη, γνώριζε νέους συναδέλφους, δενόταν με τους μαθητές της, με τους γονείς τους, τελείωνε η χρονιά, αποχαιρετούσε, πήγαινε στον ΟΑΕΔ, δηλωνόταν, χαιρόταν το καλοκαίρι της και από τον Σεπτέμβριο... πάλι από την αρχή. Μόνο που κάθε φορά ήταν και κάπου αλλού!

Την πρώτη φορά στην Αθήνα, την επόμενη στα Χανιά, την επόμενη πάλι Αθήνα, την επόμενη Χίο, την επόμενη Ξάνθη, την επόμενη Πειραιά και φέτος Κάρπαθο.

- Κάρπαθο; Μα πως αγάπη μου, μετά από τόσα χρόνια; Αυτό την ρώτησε μόνο ο Γιάννης, όταν το έμαθε.

"Θα μπορούσε να το αποφύγω; Ναι, ίσως, αν έκανα διαφορετικά την αίτηση... μα τώρα πια δεν έχει καμιά σημασία."

Στο βάθος του ορίζοντα, φάνηκε μια λευκή κουκκίδα, η οποία όσο περνούσε ο χρόνος μεγάλωνε.

"Αυτό πρέπει να είναι το καράβι από τη Ρόδο. Να έμενα στη Ρόδο! Θα ήταν καλύτερα; ποιος ξέρει;

Πρέπει να βγω να ψάξω για σπίτι. Άντε πάλι, κάθε χρόνο να στήνεις ένα νέο σπιτικό. Το γραφείο σου, το κρεβάτι σου, την κουζίνα σου, καθαριστικά και σκούπες, όλα από την αρχή.

Κι εκείνος ο Γιάννης! Όταν την αποχαιρετούσε στο αεροδρόμιο, στα μάτια του φαινόταν ολοκάθαρα το παράπονο. Έξι χρόνια είμαστε πια μαζί. Έξι χρόνια στο ίδιο μοτίβο! Καλοκαίρι μαζί οι δυο μας, κάθε μέρα και κάθε βράδυ. Μαζί ξυπνούσαμε, μαζί τρώγαμε, το απόγευμα όταν εκείνος γύριζε από τη δουλειά, μαζί ξενυχτούσαμε στα λιγοστά μπαράκια της πόλης μας, μαζί κάναμε διακοπές. Ήμαστε ευτυχισμένοι, ειδικά το πρωί, όταν ανοίγαμε τα μάτια μας και ο ένας πλησίαζε τον άλλο και τα φιλιά μας γίνονταν όλο και πιο παθιασμένα και τα σώματα μας σπάραζαν από την ένταση!"

77

Με το που έμπαινε όμως ο Σεπτέμβριος, η Δήμητρα σκοτείνιαζε, κλεινόταν στις σκέψεις της για ώρες, χαμογελούσε στο Γιάννη συγκαταβατικά, όταν την αγκάλιαζε... μέχρι την ημέρα που ανακοινωνόταν η νέα της τοποθέτηση. Ανάμικτα τα συναισθήματα! Από τη μια χαρά, απ᾽ την άλλη ένα θόλωμα, μια σκοτούρα σκέπαζε το μυαλό της, σκέπαζε κάθε άλλη σκέψη της.

Εγκατάσταση στο νέο σχολείο και τόπο, νέες γνωριμίες, Χριστούγεννα και Πάσχα διακοπές και επιστροφή στον αγαπημένο της, επιστροφή στο σπίτι της, στους γονείς της. Μα ήταν τόσο λίγες εκείνες οι ημέρες! Ο Γιάννης, την επισκεπτόταν μια δυο φορές τον χειμώνα, σίγουρα η μία ήταν εκεί γύρω στις Απόκριες!

Απόλυση τον Ιούνιο και πάλι ο κύκλος από την αρχή!

"Η ζωή του αναπληρωτή, στα χρόνια του μνημονίου. Η ζωή μιας περιπλανώμενης δασκάλας, που για να διδάξει, για να έχει μια δουλειά, να μπορεί να ζει στοιχειωδώς με αξιοπρέπεια... έπρεπε να καλύπτει τα κενά της εκπαίδευσης σε διαφορετικό τόπο κάθε χρόνο. Μα αφού μας χρειάζονται, γιατί δεν μας διορίζουν μόνιμα; Ποιον εξυπηρετεί αυτή η τσιγγάνικη, νομαδική ζωή; Το κράτος; Μα είναι σαν να μας έδωσε και μια κατάρα μαζί με το πτυχίο μας: "Σε τόπο να μη στεριώσετε!!!". Πως να παντρευτώ, πως να κάνω οικογένεια, που να ανοίξω το σπιτικό μου;"

Άναψε και δεύτερο τσιγάρο. Το καράβι είχε πια πλησιάσει το λιμάνι και έκανε τις τελευταίες μανούβρες για να δέσει. Ο κόσμος και τα αυτοκίνητα ήδη άρχισαν να μετακινούνται πιο κοντά στην προβλήτα. Ποιος νοιάζεται; Τι σημασία έχει ποιος φεύγει, που θα έλθει, ποιος θα μείνει, τι προϊόντα θα ξεφορτωθούν από ο πλοίο; Σε λίγο θα πρέπει να αρχίσω το ψάξιμο για το νέο μου σπίτι, αυτό της περιόδου 2016-17...

Στο τραπέζι ο κινητό της, αρχίζει να δονείται. Το πιάνει. Ο Γιάννης. Το αφήνει κάτω, το κοιτάζει μέχρι που σταματά.

"Τι να του πω; Τι ν᾽ ακούσω απ᾽ αυτόν; Με αγαπά, ναι το καταλαβαίνω, αλλά που οδηγεί αυτή η σχέση. Τον αγαπώ; Ναι!... Ίσως! Όταν είμαστε μαζί όλα είναι καλά. Μα αυτό

78

είναι μόνο τρεις μήνες το χρόνο. Τους υπόλοιπους εννιά μήνες είμαι μόνη μου. Κι αν θέλω να δουλεύω, να έχω τα δικά μου χρήματα, να κάνω αυτό που αγαπώ, αυτό το οποίο σπούδασα... θα πρέπει να συνεχίσω στο ίδιο μοτίβο την ζωή μου... για πόσα χρόνια ακόμα; Και είμαι ήδη τριάντα. Θα ήθελα να κάνω τη δική μου οικογένεια! Θα το ήθελα αλήθεια; Ο Γιάννης και τα δύο προηγούμενα καλοκαίρια, μου πρότεινε να παντρευτούμε. Όπως θα το ήθελα εγώ! Με όλους τους συγγενείς και τους φίλους μας, με μια λαμπρή δεξίωση, με την ορχήστρα εκείνη που διασκεδάσαμε μέχρι το πρωί, τότε στην παραλία της Χαλκίδας. Ή μόνοι μας, με λίγους φίλους μόνο, στην Παναγία τη Τουρλιανή στη Μήλο - εκείνο το ηλιοβασίλεμα ήταν η αιτία να ανταλλάξουμε όρκους αιώνας πίστης και αγάπης! Η πραγματικότητα όμως, η ζωή που μας επιβάλλουν, ξεφτίζει το καθετί στο οποίο πιστέψαμε;

Ναι, θέλω να κάνω οικογένεια αλλά πως; Εκείνος εκεί, μόνος του, με τη δουλειά του και εγώ κάθε χρόνο, σε κάποιον άλλο τόπο, σε κάποια άλλη γωνιά της Ελλάδας; Τι γάμος θα ήταν αυτός; Και πόσο θα μπορούσε να αντέξει; Κι αν έλθει και κάποιο παιδί; Εντάξει, τον πρώτο χρόνο σταματάς... αλλά τι γίνεται μετά; Το αναγκάζεις κι αυτό, ακόμα δεν γεννήθηκε, να παίρνει το δρόμο για έναν τόπο διαφορετικό κάθε χρόνο, στο όνομα της ικανοποίησης των αναγκών της υπηρεσίας; Τι φταίει αυτό να υποχρεωθεί στη νομαδική ζωή. Θα ήθελε ένα σπιτικό με τον πατέρα και τη μητέρα δίπλα του, με την αγάπη και δύο τους κάθε μέρα!

Και άντε να το υπομείνεις για ένα, δύο χρόνια μέχρι να μονιμοποιηθείς.. μα τέτοια προοπτική δεν υπάρχει. Το κράτος δεν διορίζει ακόμα κι αν οι ανάγκες του είναι δεδομένες. Άσε που μπορεί κάποια στιγμή να μας πει, ότι δεν μας χρειάζεται άλλο... θα πάρω από τους επιτυχόντες, κάποιου διαγωνισμού του ΑΣΕΠ... Το κράτος δεν μας υπολογίζει ως ανθρώπους αλλά ως εργάτες, που η ανάγκη μας, και μόνο αυτή, μας κάνει να περιπλανόμαστε για χρόνια στην ίδια μας την πατρίδα."

Σηκώνει και πάλι το βλέμμα της προς ο λιμάνι. Τα λίγα φορτηγά και καμιά δεκαριά αυτοκίνητα είχαν κατέβει και διέσχιζαν αργά τον παραλιακό. Οι ταξιδιώτες του Σεπτέμβρη είχαν αποβιβαστεί! Η επιβίβαση των τουριστών και των οχημάτων είχε σχεδόν ολοκληρωθεί. Μια τούφα μαύρου καπνού από το φουγάρο του πλοίου έδινε το σήμα ότι, ετοιμαζόταν να σαλπάρει.

"Ποιος φταίει; Τι κάναμε στραβά στη ζωή μας; Όλοι λένε ότι ότι φταίει η γενιά του Πολυτεχνείου, το πολιτικό σύστημα της μεταπολίτευσης. Ίσως και να έχουν δίκιο. Σίγουρα το πολιτικό σύστημα, αυτοί που μας κυβέρνησαν τα τελευταία χρόνια, αυτοί που διαμόρφωναν την κοινή γνώμη, αυτοί που συνωστίζονταν γύρω από τις εκάστοτε εξουσίες... αυτοί έχουν τη μεγαλύτερη, την καθοριστική ευθύνη, για την πορεία της χώρας μας. Σίγουρα κάτι έκαναν λάθος! Κάτι; Πολλά, πάρα πολλά! Ένας από τους πολιτικούς, που εξέθρεψε το προηγούμενο πολιτικό σύστημα, με τη σιγουριά αυτού που ψάχνει άλλοθι για τη συμβολή του στην επίπλαστη ευημερία των χρόνων προ της κρίσης, είπε το γνωστό "Όλοι μαζί τα φάγαμε..."! Τι έφαγαν οι γονείς μου; Μια ζωή στο χωράφι, και οι δυο τους, δούλευαν ώρες ατελείωτες κάτω από την κάψα του καλοκαιριού, αγωνιούσαν όταν μαύριζε ο ουρανός και τα αστραπόβροντα πλησίαζαν προς τον κάμπο για την πολύτιμη γι' αυτούς παραγωγή τους. Πήραν κάποιες επιδοτήσεις, ναι, αλλά αυτές ήταν που έλειψαν από το κράτος; Ίσα ίσα, ευρωπαϊκό χρήμα ήταν, που είτε τα κατανάλωσαν για να φτιάξουν τη ζωή τους είτε το κατέθεσαν στη τράπεζα για τα δύσκολα γεράματα τους, όπως έλεγαν. Έφτιαξαν το σπίτι τους, ξέφυγαν από μιζέρια, σπούδασαν το παιδί τους. Δεν επένδυσαν τις επιδοτήσεις στη δουλειά τους! Για ποιο λόγο; Ένα παιδί είχαν, εμένα, να σπουδάσει ήθελε, και αυτοί με περηφάνια έκαναν ότι μπορούσαν για να το βοηθήσουν να εκπληρώσει το όνειρο του. Δεν ήθελαν το παιδί τους να ταλαιπωρηθεί όπως αυτοί μέσα στη λάσπη, τη σκόνη, τη ζέστη, ...την αγωνία του κάμπου! Πλήρωσαν φροντιστήρια, στις σπουδές μου δεν μου έλειψε τίποτα, ακόμα κι ένα μεταπτυχιακό που έκανα δι᾽ αλληλογραφίας,

80

αυτοί το πλήρωσαν. Πόσο μετανιώνω για κείνη την κουβέντα που κάποτε, στα πρώτα χρόνια της κρίσης, είπα στη μάνα μου. Τότε, γύρω στα 2011, όταν διαφαινόταν ότι ο μόνιμος διορισμός μου, θα παρέμενε όνειρο για πολλά χρόνια. "Εσείς φταίτε, γιατί με σπουδάσατε! Ας με αφήνατε στο χωριό! Ας γινόμουν κομμώτρια! Τουλάχιστον θα έμενα κάπου μόνιμα, στο χωριό μου, ναι, θα ρίζωνα εδώ, κοντά σας. Τι με ωφέλησαν οι σπουδές; Για ποιον θα τρέχω, ρε μάνα, σε κάθε γωνιά της Ελλάδας;"... Μα τι έκαναν οι άνθρωποι; Το όνειρο μου να σπουδάσω, να γίνω δασκάλα, να βγάζω με αξιοπρέπεια το ψωμί μου, αυτό με βοήθησαν να εκπληρώσω! Το δικό μου όνειρο! Και ήταν υπερήφανοι που με βοήθησαν. "

Το τηλέφωνο άρχισε και πάλι να δονείται, πάνω στο τραπέζι. Ο Γιάννης καλούσε και πάλι. Το άφησε μέχρι που ησύχασε.

Σηκώθηκε. Το πλοίο, είχε πια απομακρυνθεί από το λιμάνι και ετοιμαζόταν να χαθεί πίσω από το βράχο που έκλεινε την μικρή πόλη, που θα γινόταν η νέα μου πατρίδα για φέτος. Έπιασε τα κλειδιά της, πήγε ως την πόρτα, σταμάτησε, γύρισε πίσω, άναψε ακόμα ένα τσιγάρο, ξανακάθισε στο μπαλκόνι, κάρφωσε το βλέμμα της στη θάλασσα που απλωνόταν μπροστά της, μέχρι εκεί που ο ορίζοντας την χώριζε απ᾽ τον ουρανό.

3 Νοεμβρίου 2016

Μια συνηθισμένη ιστορία....

Συνήθως μας λένε ότι τα χρόνια της εφηβείας μας είναι τα πιο δύσκολα. Μάλλον έχουν λάθος. Όσες δυσκολίες κι αν υπάρξουν στα γεμάτα ζωντάνια χρόνια της νιότης μας, όλες μπορούν να ξεπεραστούν από τη γλυκιά αίσθηση του ελπιδοφόρου μέλλοντος. Οι αληθινές δυσκολίες έρχονται στα χρόνια που κυριαρχεί πάνω μας η μνήμη, άλλοτε χαρίζοντας μας ένα μειδίαμα στα στεγνά μας πλέον χείλη, άλλοτε αφήνοντας να κυλήσει ένα δάκρυ, το οποίο εναγωνίως προσπαθούμε να κρύψουμε και άλλοτε, τις περισσότερες φορές, βασανίζοντάς μας με πολλά, αναπάντητα ερωτηματικά. Τότε, γρήγορα γρήγορα επανακινείς τη μνήμη σου, κι εκείνη ξανατρέχει προς τα πίσω, σταματά σε άλλο σημείο αλλά... όλα παραμένουν ίδια, αμετακίνητα. Η μνήμη διακρίνεται για την εκνευριστική της στατικότητα.

Κάπου κάπου όμως λοξοδρομεί σε μονοπάτια που θέλεις να σταματήσεις λίγο παραπάνω. Στα μονοπάτια των ερώτων σου. Όχι εκείνων των ανόητων, των τάχατες ερώτων για το χρήμα, την επιτυχία, την καριέρα...τη λογοτεχνία και την ποίηση, την τέχνη... νάχαμε να λέγαμε!

Των ερώτων εκείνων, των αληθινών, στους οποίους συμμετείχε το κορμί και η καρδιά σου.

Τότε που ο ιδρώτας σου έμενε πάνω στα τσαλακωμένα σεντόνια, τα υγρά χείλη σου ρουφούσαν αχόρταγα τις γεύσεις του εραστή σου, το κάθε εκατοστό του κορμιού σου σκιρτούσε από ηδονή μέχρι και τη στιγμή που λέξεις όλο πάθος, χάιδευαν τις μέσα αυλακώσεις του αυτιού σου. Τότε που η καρδιά σου πονούσε αφόρητα στην προσμονή και μόνο των κρυφών συναντήσεων σας, αλλά και μετά, όταν ο πόθος φούντωνε, τα δυνατά κτυπήματά της, πρόδιδαν την ευτυχία που ζούσες.

Η Ντολόρες Μαλνόμ, από τα εφηβικά της χρόνια ήταν μια

γυναίκα εντυπωσιακή, που η θηλυκότητα της αναδυόταν με θράσος, απ' όπου κι αν περνούσε. Τα αντρικά βλέμματα ήταν αδύνατο να την προσπεράσουν ενώ η κινούμενη εικόνα της αφού περνούσε από το μυαλό, τους ξεσήκωνε κάθε μόριο του σώματος τους.

Είχε γνωρίσει τον έρωτα, τον αληθινό, δυο φορές στη ζωή της. Η πρώτη φορά ήταν στα τέλη της εφηβείας, τότε που τελείωνε το Λύκειο, στη Λιέιδα τη πόλη που γεννήθηκε. Διακρινόταν για την ωριμότητα της σε σχέση με τις συμμαθήτριες της. Είχε αποφασίσει να σπουδάσει, στη Φιλοσοφική σχολή της Βαρκελώνης, ήθελε να γίνει συγγραφέας. Ήδη κείμενα της είχαν δημοσιευτεί στο "LITERARI espanyol", ένα σχετικά νέο λογοτεχνικό περιοδικό, που στις τελευταίες του σελίδες παρουσίαζε αξιόλογες προσπάθειες νέων συγγραφέων. Οι ιστορίες της μιλούσαν για τα πάθη των ανθρώπων με έναν αξιοπρόσεχτο ρεαλισμό, που αναρωτιόσουν πως ήταν δυνατόν να είναι δικές της, πότε είχε προλάβει να μάθει τόσο καλά τα βαθιά, κρυμμένα μυστικά της ανθρώπινης ψυχής.

Οι συμμαθητές της ένιωθαν έντονα τη θηλυκή παρουσία της, δυο τρεις μάλιστα βασανίζονταν στον ύπνο τους όταν εκείνη, ανυποψίαστη τους επισκεπτόταν στα θολά, γεμάτα νεανικό άγχος, όνειρα τους. Κανένας όμως δεν τόλμησε να της εκφράσει τα αισθήματα του. Ήταν τόσο απόμακρη γι' αυτούς, όσο και το να διαβείς τα Πυρηναία για να βρεθείς στην πίσω πλευρά τους. Οι συμμαθήτριες της πάλι, ενώ από τη μία την είχαν τοποθετήσει στο κέντρο της νεανικής τους παρέας, από την άλλη μέσα τους έκρυβαν τη ζήλια διότι γνώριζαν ότι η Ντολόρες, είχε εκείνο το μαγικό χάρισμα, να είναι πάντα ποθητή στους άντρες, δίχως να χρειάζεται να κάνει κάτι γι' αυτό.

Πρώτη φορά τον είδε, ένα μεσημέρι καθώς επέστρεφε από το σχολείο της. Αυτός επισκεύαζε ένα αυτοκίνητο στο συνεργείο που πρόσφατα είχε ανοίξει στη γειτονιά τους. Δεν είχε πολύ καιρό που αποφοίτησε από τη τεχνική σχολή της πόλης, και αυτή ήταν ουσιαστικά η πρώτη κανονική του δουλειά. Στα είκοσι του, γεμάτος δύναμη, διψασμένος για ζωή και έρωτα. Οι ματιές τους συναντήθηκαν τυχαία (ή μήπως όχι). Και για αρκετά δευτερόλεπτα κοιτάζονταν, ασάλευτοι σαν ο κόσμος όλος να σταμάτησε, μεταδίδοντας ο ένας στον άλλο ισχυρά μηνύματα, κατευθείαν στην καρδιά.

Η Ντολόρες έχασε το μυαλό της, αλλά κι εκείνος δεν ήταν δυνατόν να μην υποκύψει στα αδέξια μα απόλυτα προκλητικά καλέσματα του έρωτα. Το καλοκαίρι το έζησαν παθιασμένα, έστω κι αν ο συντηρητισμός της κοινωνίας τους δεν ανεχόταν ακόμα τέτοιου είδους καταστάσεις. Εκμεταλλεύονταν κάθε απόμερη γωνία της πόλης τους, το σινεμά, το στενό δρομάκι πίσω από τον καθεδρικό ναό της πόλης, τον λόφο με τον επιβλητικό ναό της Σέου Βέλια, για να ανταλλάξουν τα αχόρταγα φιλιά τους και να νιώσουν τα δυνατά κτυπήματα της καρδιάς τους. Έρωτα έκανε για πρώτη φορά, κάτω από την παλιά γέφυρα, με μόνους ήχους να διακόπτουν την ιερή στιγμή της πρώτης εκείνης συνεύρεσης, το απαλό βουητό του ποταμού, τα πλατσαρίσματα των βατράχων στο νερό... μαζί με τους δικούς τους ήχους, κάτι ανάμεσα σε ανεπαίσθητες κραυγές ευτυχίας και πόνου.

Δεν άργησε να τελειώσει η σχέση αυτή, η οποία από την αρχή ήταν καταδικασμένη. Ο αγαπημένος της ουσιαστικά είχε φτάσει στο τέλος του κυνηγητού των ονείρων, είχε μάθει μια τέχνη, είχε βρει δουλειά, η Ντολόρες θα μπορούσε να είναι η τέλεια σύζυγος γι' αυτόν. Εκείνη μόλις τώρα ξεκινούσε το ταξίδι στη ζωή και ήθελε να το απολαύσει με όσες περισσότερες ευκαιρίες θα της δίνονταν.

Η άφιξή της στην Βαρκελώνη, η εγγραφή της στη σχολή, το νέο της διαμέρισμα του ενός δωματίου στη σοφίτα μια παλιάς οικοδομής, οι διαλέξεις των καθηγητών της, η κοντινή πλατεία όπου μαζεύονταν οι φοιτητές κάθε απόγευμα, η ενασχόληση της με τη Λέσχη Λογοτεχνίας και Ποίησης της σχολής της, οι ατελείωτες, δίχως τελικό συμπέρασμα συζητήσεις για την πολιτική κατάσταση της χώρας, ο θησαυρός που ανακάλυψε στη βιβλιοθήκη του

Πανεπιστημίου αλλά και οι μοναχικές της βόλτες στα λαμπρά μνημεία της πόλης, της γέμιζαν το χρόνο, δημιουργώντας της, την αίσθηση ότι ο χρόνος της ήταν λίγος, Πολύ λίγος σε σχέση με όλα αυτά που είχε στο νου της να πραγματοποιήσει στο φοιτητικό της βίο.

Έρωτες σοβαροί δεν υπήρξαν, κάποιες μόνο περιστασιακές σχέσεις, οι οποίες πολύ γρήγορα καταντούσαν φορτίο στο πρόγραμμα, που είχε σχεδιάσει και σε κείνα που πραγματικά την ευχαριστούσαν. Είχε την ικανότητα, πολύ γρήγορα να δίνει ένα τέλος σε όλες τις σχέσεις της, όταν αισθανόταν ότι της έκλειναν τους δρόμους της διαφυγής της.

Η δεύτερη φορά που ερωτεύτηκε, ήταν λίγο μετά τα εικοστά όγδοα γενέθλια της. Είχε πια καθιερωθεί ως νέα, ανερχόμενη συγγραφέας. Σε αυτό την είχε βοηθήσει ο γνωστός εκδότης Φρανθίσκο Μασδέου, ο οποίος γρήγορα διέκρινε το ταλέντο της, έκδωσε το πρώτο βιβλίο της και κυρίως την έμπασε μέσα στα περίφημα λογοτεχνικά σαλόνια, τα οποία έλεγχε, από το παρασκήνιο, δίχως όμως να προκαλεί. Τα "σαλόνια" αυτά λειτουργούσαν ως κλειστές λέσχες, χωρίς σταθερό τόπο συναντήσεων. Άλλοτε συναντιόνταν στο φουαγιέ του κεντρικού θεάτρου της πόλης, άλλοτε στο μπαρ '"Εβενος" με την παραμέσα, απομονωμένη σάλα, άλλοτε στο πατάρι του βιβλιοπωλείου "Τα κίτρινα φύλλα" και άλλοτε, τις περισσότερες φορές στο σπίτι του Πάκο, όπως όλοι τους φώναζαν τον εκδότη, αλλά όταν αυτός δεν ήταν μπροστά.

Στα λογοτεχνικά σαλόνια του Φρανθίσκο Μασδέου, οι συγγραφείς που συναντούσες δεν ήταν πάντα οι ίδιοι. Πέρα από έναν σταθερό πυρήνα καταξιωμένων δημιουργών, σχεδόν σε κάθε συνάντηση τους, κάποια νέα πρόσωπα προστίθενταν ή κάποια άλλα χάνονταν. Όλοι γνώριζαν ότι πίσω από αυτές τις προσθαφαιρέσεις βρισκόταν ο εκδότης. Αν και κυριαρχούσε αριθμητικά το αντρικό φύλο, τις εντυπώσεις, σχεδόν πάντα τις έκλεβαν οι γυναικείες παρουσίες. Ανάμεσα σε αυτές ξεχώριζε η Ντολόρες. Κορμί που αβίαστα θα σε οδηγούσε σε κάθε παρασπονδία, ντύσιμο που σε προκαλούσε να τη γδύσεις αργά αργά, το απόλυτο φετίχ οι κατακόκκινες γόβες στιλέτο, το εξεζητημένο άρωμα της που σε μεθούσε και μόνο που την πλησίαζες, μα και οι ελάχιστες κουβέντες της, συνήθως γεμάτες ερωτήματα ή υπονοούμενα, δεν άφηναν ασυγκίνητο κανέναν από τους κρυφούς ή φανερούς θαυμαστές της.

Κάποιες φορές, άρεσε πολύ στον Πάκο αυτό το παιχνίδι, κάποιος συγγραφέας, αναλάμβανε να διηγηθεί μια ιστορία, αυτοσχεδιάζοντας πάνω σε έναν υποτυπώδη καμβά, που τους πρόσφερε ο εκδότης. Η Ντολόρες είχε μια τέλεια ικανότητα, την κάθε της διήγηση να την στολίζει με απίστευτες περιγραφές μέσα στο χρόνο και τον τόπο. Οι πρωταγωνιστές της πάντα, καθημερινοί άνθρωποι της διπλανής πόρτας, γεμάτοι όμως με δυνατά πάθη που ζούσαν ηρωικούς έρωτες. Τότε, οι ήχοι που ακούγονταν από τις λέξεις που έβγαιναν από το στόμα της, μετέφεραν όλη τη γοητεία της στο γύρω χώρο, ανακατωμένους με έναν ζαλιστικό ερωτισμό, ανάκατο με λίγες κόκκινες πιτσιλιές από τα βαμμένα χείλη της.

Σε αυτές τις συναντήσεις γνώρισε και το δεύτερο μεγάλο της έρωτα, τον συγγραφέα επιτυχημένων αστυνομικών διηγημάτων, τον Αντόν Αριάγα. Γοητευτικός, στα τριάντα πέντε του, πάντα κομψά ντυμένος, με ένα αδιόρατο, γεμάτο μυστικά χαμόγελο. Οι πρώτες τους κουβέντες, φυσικά για τη λογοτεχνία, γρήγορα ξεχάστηκαν και τη θέση τους πήραν συζητήσεις για την καθημερινότητα τους, την βαρετή τους ζωή και τον έρωτα. Τον αγάπησε αληθινά, με πάθος, στο πρόσωπο του έβλεπε τον άνθρωπο εκείνο, τον οποίο θα μπορούσε να εμπιστευτεί, να στηριχθεί πάνω του αλλά και τον άντρα που την οδηγούσε με μαεστρία, μέσα από τα ανεξερεύνητα, για εκείνην, μονοπάτια του πόθου. Οι συνευρέσεις τους ήταν γεμάτες ένταση, δυνατά επιφωνήματα ικανοποίησης και σημάδια σε όλο τους το σώμα. Όταν χώριζαν με ένα μακρύ, ατελείωτο φιλί, γνώριζαν ήδη ότι η επόμενη συνάντηση τους δεν θα αργούσε.

Ο Αντόν από τη πλευρά του, στη Ντολόρες, αναγνώριζε την

γυναίκα για την οποία ήταν έτοιμος, να παρατήσει την ανέμελη, εργένικη ζωή, που έκανε μέχρι τότε και να αφιερωθεί στη μία και μοναδική, τη γυναίκα του πια. Παντρεύτηκαν σχετικά γρήγορα και εγκαταστάθηκαν στο διαμέρισμα του, το οποίο όμως πολύ γρήγορα αποδείχθηκε μικρό για τις ανάγκες τους. Χρειάζονταν το δικό τους χώρο για να μπορούν να απομονώνονται και να εργάζονται, για τον ίδιο λόγο χρειάζονταν και τους δικούς τους χρόνους, οι οποίοι τώρα μπερδεύονταν μέσα στο στενό διαμέρισμα του Αντόν.

Όλα αυτά τα αντιμετώπισαν με αισιοδοξία, μετακόμισαν σε ένα μεγαλύτερο διαμέρισμα, βρήκαν και τους χώρους τους και τους χρόνους τους, το κρεβάτι τους ακόμα κρατούσε τις μυρωδιές των κορμιών τους που ίδρωναν από πόθο. Και οι δύο έκαναν επιτυχίες με τα επόμενα βιβλία τους, τις οποίες γιόρτασαν σε ένα από τα πιο ακριβά εστιατόρια της πόλης, έδωσαν συνεντεύξεις όχι μόνο στα λογοτεχνικά περιοδικά της χώρας τους αλλά και σε περιοδικά ποικίλης ύλης, στα οποία δεν παρέλειψαν να αναφέρουν και το μεγάλο έρωτα τον οποίο ζούσαν. Ο Πάκο τους αγαπούσε ιδιαίτερα, τους καλούσε σταθερά στις λογοτεχνικές συναντήσεις που διοργάνωνε αλλά ούτε ο Αντόν πια, τραβούσε κοντά του τις νέες ανερχόμενες συγγραφείς, ούτε η Ντολόρες προκαλούσε τη συγκίνηση στα μάτια των άλλοτε θαυμαστών της.

Τα χρόνια πέρασαν γρήγορα, αφήνοντας παντού τα σημάδια τους. Ο έρωτας τους έσβησε, πολλές βραδιές κοιμούνταν στα γραφεία τους, όλο και πιο συχνά με δυσκολία ανεχόταν ο ένας τον άλλο. Έβγαιναν μόνοι τους, για ένα ποτό παρέα με άτομα με τα οποία τις περισσότερες φορές δεν είχαν τίποτα να πουν. Οι κοινές τους έξοδοι ήταν ελάχιστες κι αυτές κυρίως για κάποιες από τις υποχρεώσεις που είχαν, σχετικές με τους λογοτεχνικούς κύκλους μέσα στους οποίους εξακολουθούσαν να συνυπάρχουν. Η μοναξιά άρχισε σταθερά και επίμονα να κυριαρχεί στη ζωή τους.

Μα αυτό που ενοχλούσε τη Ντολόρες περισσότερο απ' όλα, ήταν η κατάντια του σώματος τους. Γερνούσαν, έχαναν την καθαρότητα των γραμμών τους, φορτώνονταν περιττά κιλά, με έναν τρόπο που της ήταν αδύνατο πια να αντικρίζει τον άντρα της γυμνό ή τον εαυτό της στον καθρέφτη. Εκνευριζόταν αφάνταστα αν ο Αντόν τολμούσε να σηκώσει το κεφάλι του για να δει το γερασμένο της πια κορμί. Όσες φορές τύχαινε να κάνουν έρωτα, αυτό γινόταν στο σκοτάδι, βουβά, απλά διεκπεραιώνοντας μια σωματική τους ανάγκη. Το περίεργο ήταν, ότι η Ντολόρες, στα σαράντα της πια, εξακολουθούσε να έχει ένα ποθητό κορμί, το οποίο βέβαια δεν είχε τη σφριγηλότητα των προηγούμενων χρόνων αλλά είχε την κομψή ωριμότητα της ηλικίας της. Και αυτό την έκανε ποθητή στα αχόρταγα μάτια των νεαρών που συνωστίζονταν γύρω της, για να τους υπογράψει τα βιβλία της, αλλά εκείνη αδυνατούσε να το δει.

Δύο πράγματα έμεναν σταθερά όλα αυτά τα χρόνια. Οι επιτυχίες των βιβλίων τους και η στενή σχέση που εξακολουθούσαν να έχουν ως αντρόγυνο με τον εκδότη τους.

Εκείνη την άνοιξη, όταν ο Πάκο τους κάλεσε, μαζί με κάποιους άλλους συγγραφείς του κύκλου του, για να περάσουν ένα τετραήμερο στο εξοχικό του, η Ντολόρες ήταν αδύνατο να αρνηθεί την πρόσκλησή του, παρά τις εξαιρετικά δύσκολες ώρες που περνούσε μετά την τελευταία της επίσκεψη στον γιατρό της και τις εξετάσεις στις οποίες είχε υποβληθεί. Της είχαν διαγνώσει καρκίνο στο τελικό στάδιο...

Τι έγινε στη συνάντηση αυτή είναι γνωστά, φρόντισε γι᾽ αυτό ο συγγραφέας <u>Πέδρο Θαραλούκι</u> στο μυθιστόρημα του: **"Για εραστές και κλέφτες"**. Βέβαια, του διέφυγαν κάποιες λεπτομέρειες, τις οποίες θα ήταν αδύνατο ν᾽ αντιληφθεί. Για παράδειγμα, τις στιγμές που άφηνε το μυαλό της ελεύθερο από τα καθημερινά ή τις υποχρεώσεις, εκείνο γύριζε ως άλλη ερινύα, στη ζωή που δεν είχε προφτάσει να χορτάσει, στις συμβάσεις στις οποίες υπέκυψε και στο σταμάτημα της σε πολλά μικρά και ασήμαντα γεγονότα τα οποία έπνιξαν τα σπουδαία, που κάποτε είχε σχεδιάσει. Ή πάλι ότι οι γεμάτες θαυμασμό ματιές του Πέδρο, δεν της ήταν αδιάφορες. Παρά την απογοήτευση της για τη κατάντια του σώματος της, οι αδέξιες αντιδράσεις του νεαρού άντρα, ανέστησαν μέσα της την αίσθηση, που είχε απεμπολήσει τα τελευταία χρόνια της ζωής της, της δύναμης που εκπέμπει το γυναικείο σώμα. Αν και έδινε ιδιαίτερη αξία στο σωστό ντύσιμο, στα αξεσουάρ που το συνόδευαν και σε όλες εκείνες τις λεπτομέρειες της γυναικείας κοκεταρίας, όλα αυτά γίνονταν με έναν τρόπο τελείως μηχανιστικό. Η έντονη θηλυκότητα που εξέπεμπε, τι παράξενο, αυτή η ίδια ήταν αδύνατο να την αισθανθεί, μέχρι τη στιγμή εκείνη που κάθισε δίπλα στον Πέδρο.

Στο μυαλό της, αναπάντεχα εισέβαλαν οι κόκκινες γόβες της, τις οποίες πριν δύο βράδια, του είχε χαρίσει, αφού εκείνος τις της παρέδωσε στα χέρια, καθαρές πια και ιδιαιτέρως περιποιημένες. Αυτή, η αναπάντεχη χειρονομία, ανάστησε μέσα της την ικανότητα να βλέπει και πάλι, όλη τη γοητεία που εξακολουθούσε να σκορπά, στους άντρες που την περιστοίχιζαν. Στην ευφορία που είχε αισθανθεί, αντέδρασε εκείνη τη στιγμή, λέγοντας στον νεαρό αγγελιοφόρο των ευχάριστων ειδήσεων: "Θέλω να μου υποσχεθείς κάτι. Κάποια μέρα να τα φορέσεις σε μία κοπελίτσα χαζή και ερωτευμένη, να τη βάλεις να περπατήσει για να δεις πως τα τακούνια τής ορθώνουν τα καπούλια κι έπειτα να τη γαμήσεις χωρίς να τα βγάλει. Ορκίσου μου πως θα το κάνεις".

Μόλις έκλεισε την πόρτα πίσω της, όταν επέστρεψε στο δωμάτιο της για να μαζέψει τα πράγματα της για να αναχωρήσει με τον άντρα της, πικρά αναφιλητά τσαλάκωσαν το πρόσωπο της. Ασήκωτο πόνο της προκάλεσε η θύμηση της στιγμής εκείνης, τότε, πριν από αρκετά χρόνια, όταν ένα βράδυ επέστρεψαν από μία έξοδο τους σε ένα από τα απόμερα μπαράκια της γειτονιάς τους, ο Αντόν χωρίς να πει κουβέντα, μόλις μπήκαν στο σπίτι κι εκείνη έβγαλε την καπαρντίνα της, της έκανε έρωτα, εκεί στο σαλόνι, ακουμπώντας την πλάτη της στην πόρτα της κρεβατοκάμαρας τους. Φορούσε ακόμα της κόκκινες γόβες της όταν το κορμί της σπάραζε καθώς ο άντρας της ολοκλήρωνε με μια ξέπνοη κραυγή.

Μα πως γινόταν, να παραμένει με έναν άντρα, που όχι μόνο είχε παραμελήσει τον ίδιο τον εαυτό του αλλά και εκείνη, τη γυναίκα του, που κάποτε της είχε υποσχεθεί αιώνια ευτυχία; Πώς είχε πέσει στην παγίδα της υποτίμησης του εαυτού της, αυτή, η Ντολόρες που μέσα της κρυφογελούσε όλο ικανοποίηση, όταν τα βλέμματα των αντρών την έγδυναν απροκάλυπτα, σε κάθε περίσταση. Πόσο υπεύθυνος ήταν γι᾽ αυτό ο Αντόν και πόσο εκείνη;

Όταν γύρισαν στο σπίτι τους, το ίδιο βράδυ κιόλας, η Ντολόρες με ελάχιστα πράγματα, όσα χωρούσε ένα ταξιδιωτικό σακβουαγιάζ, έφυγε από το σπίτι της. Προτού κατευθυνθεί προς το ξενοδοχείο που είχε τηλεφωνικά κρατήσει δωμάτιο, μπήκε στο πρώτο μπαράκι που συνάντησε στο δρόμο της. Η γοητεία της ήταν ακαταμάχητη και το ήξερε πια. Εκείνο το βράδυ, το πέρασε στην αγκαλιά ενός νέου άντρα, ο οποίος ήξερε πως να την κάνει να αισθανθεί και πάλι είκοσι χρόνων, τότε που η ζωή την περίμενε με ολάνοιχτες τις πόρτες.

14 Ιουνίου 2014

www.ingramcontent.com/pod-product-compliance
Lightning Source LLC
Chambersburg PA
CBHW020311150626
46552CB00022B/2763